GOBOOKS & SITAK GROUP©

GOBOOKS
& SITAK
GROUP©

三日月書版

三日月書版

輕世代
FW252
三日月書版
今宵異譚
卷二
魑魅之夜
四隻腳
zabu

目錄 ディレクトリ

沈默
待業中。人類。

尉遲九夜
職業不明。身分不明。

第一章 藏妖

當我回過神來時，才發現這是一座巨大的迷宮。

黯淡的光線並不足以驅逐黑暗，我在一片混沌之中竭力飛奔，追逐著前方那個熟悉的背影。明明就在觸手可及的距離，卻無論如何都碰不到。

「阿夜！等等我！阿夜！阿夜！」

我朝著那個背影大喊，一邊喊一邊狂跑。

九夜沒有等我，一個轉身，消失在了迴廊轉角。

「阿夜！阿夜！」

我著急地衝了過去，轉過牆角，只看到昏暗迷濛的光線之中，九夜佇立在五步之遙，一手扶著牆壁，一手按在胸口，似是無力支撐，搖搖晃晃地往前邁著步子。

「阿夜，你還好嗎？」

我喃喃地喚了他一聲。

九夜回過頭，一句話未說，驀然之間狂噴出一口鮮血。

我趕緊一把抱住他，懷中的身軀頓時化為一灘血水，只剩下鮮血淋漓的衣服，被我緊緊地抓在手裡……

「不！不要！」

聲嘶力竭的大喊劃破了沉沉的黑夜。

我突然驚醒，驚魂未定地從床上坐起，睜著眼睛呆了好一會兒，這才意識到剛才……是噩夢一場。

背後的冷汗浸透了薄薄的衣服布料，心口仍在撲通撲通地狂跳，我大口大口地喘息著，緩了許久，終於稍微安定下來。

算算日子，九夜已經離開半年有餘，音訊全無。

我想盡了各種辦法，始終遍尋不著。

隨著時間推移，我越來越焦躁，越來越不安，尤其是最近這些時日，無數次在噩夢中驚醒，在長夜裡輾轉難眠。

只要一想到九夜喝下了那瓶黃泉水，想到他之前回來的時候不停吐血，心口就疼得透不過氣來。

如今九夜生死未卜，安否不明。我實在沒有勇氣去做任何糟糕的設想與猜測，只能抱著他一定會回來的堅定信念，固執地、日復一日地在這棟別墅裡等待。

我相信，九夜一定會回來！一定！

暗自握了一下拳頭，深吸了口氣，我打開檯燈，披了件衣服起身下床，正想喝口水壓壓驚，卻看到一團黑色毛球不知道從哪個角落一跳一跳地彈了過來，蹦到我的肩膀上，將毛茸茸的身體貼在我臉頰上蹭了蹭，隨後又轉過身來，眨巴著一雙綠幽幽的大眼睛，齜開嘴角，擺出一個古裡古怪的表情。

我不明白地看著它，不知道這是什麼意思。

影妖又在我肩膀上用力跳了幾下，似乎是急於表達什麼。

九夜不在，沒人可以幫我解釋。我疑惑地皺了皺眉，想要發問，卻聽到臥室門外響起了阿寶的聲音。

「小默默，小默默……」稚嫩的童音低聲呢喃著。

我上前打開門，阿寶穿著一身草莓圖案的粉紅睡衣，手裡抱著枕頭，帶著一臉不安的表情抬頭望著我。

「阿寶，怎麼了？這麼晚了你還沒有睡覺嗎？」

我蹲下身，摸了摸他的頭髮。

阿寶扁了扁嘴，低下頭，很小聲地問：「阿寶可以跟小默默一起睡嗎？」

我愣了一下，問：「怎麼了？發生什麼事了嗎？」

阿寶搖搖頭，莫名其妙地說了句：「我不知道……」

「不知道？」我不禁感覺奇怪，又問，「不知道什麼？」

他抬起臉，緊緊抓著我的衣袖，說：「小默默，阿寶害怕……」

我忍不住失笑，捏了捏他粉嘟嘟的小臉蛋，道：「你啊，平時那麼調皮，一副天不怕地不怕的樣子，原來你也怕黑嗎？不敢一個人睡覺？」

然而，話音落下，阿寶擺出一副從來沒有過的焦慮神情看著我，搖了搖頭，怯怯地說：「阿寶不是怕黑……是……是怕……」

「怕什麼？」

「我也不知道那是什麼……」

阿寶咬著嘴唇，一頭鑽進我懷裡，悄聲道：「小默默，屋子裡有妖氣。」

「妖氣？」我驟然一驚，握住小傢伙的肩膀，很認真地問，「阿寶，你是說，家裡……家裡藏著妖怪？」

「嗯。」阿寶點點頭。

影妖也在一旁用力彈跳了幾下。

我頓時警覺了起來，四周查看了一圈，問：「你們知道那個妖怪藏在哪裡嗎？」

「不知道。」

阿寶搖搖頭，影妖也扭了扭圓滾滾的身子。

「那、那你們知道是什麼妖怪嗎？是好是壞？」

阿寶還是搖頭，說：「不知道，那個妖比阿寶厲害，阿寶感覺不出來。」

我趕緊追問：「你是從什麼時候開始感覺家裡有妖氣的？那個妖怪，很強大嗎？」

阿寶張了張嘴，還沒來得及回答，便突然之間一陣「地動山搖」。

不知道為什麼，整個屋子都在劇烈搖晃，櫃子上的檯燈倒了下來，書架上的書籍和CD也全飛了出來，啪啦啦散落一地，門框和窗框都在鏗鏘作響，彷彿隨時會崩塌。

怎麼回事，地震了嗎？

我嚇了一跳，趕緊一把抱住阿寶，抓起影妖，飛快地躲到書桌底下。

阿寶縮在我懷裡，整個人都在瑟瑟發抖，呢喃著說：「小默默，阿寶害怕……」

「別怕，有我在。」我緊緊地摟著他。

過了好一會兒，地震才逐漸平息下來。

確定屋子沒再搖晃之後，我慢慢從書桌底下爬了出來，環視四周。

好在，地震看起來並不嚴重，沒有摧毀什麼東西，牆壁上沒有裂縫，房子也沒倒。不過，從小到大，這還是我第一次經歷地震，說不害怕那是假的。

為了避免餘震造成傷害，我趕緊帶著阿寶和影妖衝下樓，跑出別墅。

別墅外是一片寂靜的大草坪，現在是夜半兩點，天邊的弦月帶著晦澀的光亮朦朦朧朧地照耀下來，一切看起來風平浪靜，安謐得就好像什麼都沒有發生過一樣。

而我也沒有鄰居可以詢問，因為這附近根本沒有其他住戶，就算離得最近的街區，也需要步行十多分鐘。

其實，從第一次來到這個地方，我就感覺有一絲違和。九夜的別墅遠離其他住宅區，孤零零地矗立在這片大草坪上，並且，沒有路名，亦沒有門牌號碼，也不知道究竟是什麼狀況。不過，現在不是細究這些問題的時候。

凌晨兩點半，我帶著阿寶和影妖來到了鄭伯的小吃店。當然，鄭伯看不到影妖，只看到我牽著小孩子來。

「小默，你來了啊，阿夜出去旅行還沒有回來嗎？」

「嗯，還沒有。」我笑了笑，搖搖頭。

原本，我是想來打聽地震的情況，可是當看到鄭伯和平時一樣，面帶親切的笑容、招呼我進店裡坐的時候，我就意識到了——也許，事情並不是我想像中的那麼簡單。

小吃店裡一切如常，桌椅整齊，廚房的爐灶燃著，還有兩三個夜間計程車司機正坐在那裡津津有味地吃麵聊天。

周圍的公寓依舊安安靜靜，家家戶戶的窗口都沒有亮燈。

這個時間點，想必大家都在睡夢之中吧。

所有的畫面看起來，並不像是地震之後該有的樣子。

所以……剛才發生了地震的，其實就只有我一戶人家嗎？

我突然感到背後一涼。

也許，那根本就不是地震？而是……妖怪搞的鬼？

我看了看穿著睡衣依偎在我身旁的阿寶，阿寶也抬頭看我，可憐兮兮地說：

「小默默，阿寶餓了……」

「你呀，不是餓，是嘴饞吧？」

我笑著摸了摸他的頭髮，問：「要不要吃煎餃和拉麵？」

「嗯！要！要！」

阿寶立刻笑出了兩朵很可愛的酒窩。

影妖興奮地蹦到餐桌上，張大嘴巴，一副等人餵食的模樣。

呵，這兩隻貪吃的小妖怪，只要美食當前，便什麼煩惱都忘了。

吃完消夜已經是凌晨三點多，天色依舊漆黑。

阿寶說家裡藏匿著妖怪，也不知道那妖怪究竟什麼來路，是善是惡?會不會吃人?

我不敢就這樣冒然摸黑進去，只能在鄭伯的店裡一直等到天亮時分，才帶著阿寶和影妖再次回到了別墅。

微涼的晨風帶著濕潤的露水清香徐徐吹拂過來。

我站在家門口，躊躇了好一會兒，最終還是鼓起勇氣，小心翼翼地推開了門，小心翼翼地踏進屋裡。

影妖一蹦一跳地率先衝了進去，阿寶拉著我的衣服，亦步亦趨地跟在我身後。

屋子裡靜得落針可聞，只有窗外的麻雀嘰嘰喳喳地叫著。

明媚的朝陽如泉水一般暖洋洋地鋪灑進來，將整個空間照耀得亮堂堂的。

除了因為昨晚的「地震」而掉落在地的幾本雜誌和打翻的杯子之外，家裡的一切看起來和平時沒什麼兩樣。

我回過頭，悄聲問：「阿寶，你現在還有感覺到妖氣嗎？」

阿寶看看我，很肯定地點了點頭。

我做了個深呼吸，示意他站在原地不要動，又將那顆蹦到茶几上的黑色毛球抓了回來，然後從口袋裡拿出一副眼鏡，戴上鼻梁。

我沒有近視，而是這副眼鏡的鏡片別有功效。

對，沒錯，這副眼鏡，是用九夜給我的那顆影晶石打磨而成的。只要戴上這副眼鏡，就可以看到常人看不見的東西。

例如，此時此刻飄浮在我頭頂上方的一縷輕煙。

我不知道這縷輕煙是從什麼時候開始出現，它已經存在很長一段時間了。

阿寶說，這縷輕煙是從九夜書房的門縫裡飄出來的，現在沒人有本事再把它捉回去，我看放著也沒有危害，所以就不去管它了。

發現我在抬頭看它，輕煙立刻聚攏起來，歪歪扭扭地化成了一顆奇形怪狀的愛心，故意飄到我眼前晃了晃。我沒有理睬，揮了揮手，將擋在面前的煙霧驅散。

阿寶感覺到的妖氣，肯定不是這縷輕煙，應該是更為強大的東西。

然而，這棟別墅就這點地方，我戴著影晶石做成的眼鏡，樓上樓下、屋裡屋外，仔仔細細地查看了一遍，甚至連廁所和儲藏室的每個角落都沒有放過，還把酒窖裡的每一瓶酒都搬了出來，可是連個鬼影都沒有發現。

當我再次回到客廳時，那縷輕煙居然化成了一個……一個沒穿衣服的裸女，對我嫵媚地笑了笑，擠著眼睛拋出來一顆煙霧愛心。

我趕緊慌慌張張地脫下眼鏡。

「小默默，找到那隻妖怪了嗎？」

阿寶看著我，我搖搖頭。

那隻藏匿家中的妖怪不願意出來，我也無計可施。

可是，到了夜半兩點時分，整棟屋子又再次搖晃了起來。

這次的「地震」比昨晚強烈得多，我被一陣玻璃碎裂的爆響從睡夢中驚醒，當我睜開眼睛時，就看到玻璃窗碎了一地。

牆壁上的掛鐘跌落下來，砸在櫃子上，發出砰·聲巨響。

房間的地面呈七十五度傾斜，不停地劇烈晃動，屋頂和牆壁各處嘎啦啦地裂開了一指寬的縫隙。

眼看著整棟房子有坍塌的危險，我趕緊扶著床架爬起來，可是還沒來得及換衣服，就被震得從床上摔了下來。

「小默默！」

睡在旁邊的阿寶驚慌失措地撲過來。

我一把抱住他，道：「快！快出去！」

一邊說著，我一邊拉著阿寶往臥室門口跑。

房門打開的同時，我不禁傻了眼——門外不再是我熟悉的那條走廊，而是一個完全陌生的房間，房間裡裝飾著各種古色古香的瓷瓶玉器。右手邊有一道半人高的紅木屏風，屏風上描繪著色彩豔麗、恣意綻放的牡丹。

怎麼回事？這是什麼地方？門外居然連接著另外一個空間？

難道我不小心打開了《哆啦A夢》的任意門了嗎？

我簡直哭笑不得，站在原地不敢踏出房門半步。

就在此時，一顆黑色毛球已經撲通撲通地跳了出去。

「球球！球球！別跑！」

阿寶追著影妖跑進了那個房間。

「喂！你們……都給我站住！」

我喊了一聲，可是眨眼間阿寶和影妖都跑得沒了影。

不得已，我只能一咬牙，也跟著一起衝了進去。

就在踏入這個陌生房間的剎那，我回過頭，卻發現原本的臥室房門不見了，取而代之的是一堵年代久遠的斑駁牆壁。

靠！門居然沒了？我剛想跑回去摸一摸那堵牆壁，卻聽到阿寶在那扇屏風後面喊了我一聲：「小默默！」

「怎麼了？」

我趕緊跑過去，看到阿寶一手抱著影妖，一手指向前方。

我順著他指的方向一看，看到了一扇門。

哦，不，確切點說，是兩扇對開的白色拉門，而從拉門下方的縫隙裡，有某些不明液體，正在靜悄悄地瀰漫開來。

透過昏暗的光線，我看了好一會兒，才突然間驚覺——那、那是血！

深紅色的血水不停從門縫底下漫溢出來，淌到了我的腳邊。

我沒有穿鞋，只能赤著雙腳一步步地往後退。

「小默默，這裡，有好強烈的妖氣……」

阿寶緊緊拉著我的衣服，顯得非常不安。

話音未落，一聲極為淒厲的女人尖叫聲響起，緊接著是一陣嘹亮的嬰兒啼哭。此起彼伏的哭聲從四面八方傳來，在封閉狹小的空間裡層層疊疊地迴盪，聽得我渾身毛骨悚然。

什、什麼情況？這哪裡是有妖怪，分明是要鬧鬼啊！

「阿寶，你能感覺到妖怪在哪裡嗎？」

我哆哆嗦嗦地問了一句。

阿寶搖搖頭，說：「哪裡都有，到處都是妖氣。」

「什、什麼？到、到、到處都是？」

我緊貼在牆角，驚恐地看向四周。

不看還好，一看之下便倒抽了一口冷氣。

不知道從什麼時候起，牆壁上竟然出現了一個個血手印，手印小小圓圓的，像是剛出生的嬰兒手掌，啪，啪，啪地一道道印上牆壁。

轉眼間，整間屋子布滿無數雙血手印，伴隨著越來越刺耳、越來越尖銳的嬰兒啼哭聲，一遍又一遍地刺激著我的大腦神經。

我緊緊捂著耳朵，忍無可忍地大吼了一聲：「你到底是什麼妖怪？出來啊！不要在這裡裝神弄鬼，有本事就出來！」

話音落下的同時，一切，驀然靜止。

突如其來的沉寂只持續了幾秒，便又有一道道震耳欲聾的叫聲自四面八方漸次響起。

這一回，嬰兒的啼哭變成了各種各樣的嘶叫，有男人，有女人，甚至還有小孩，叫聲極為淒厲，像是正在承受極大的痛苦。

該死！這到底是在搞什麼鬼！

我咬了咬牙，看向對面那兩扇拉門。

雖然不知道門後有什麼，但這是唯一可以出去的途徑。

不管了！先衝出這個房間再說吧！

我抱起阿寶跑向兩扇拉門。

阿寶大喊：「小默默，不要打開那扇門！不要！」

可是他說得太遲了，我已經唰地拉開拉門，一腳跨出去，在一瞬間摔了下去。

這是我萬萬沒有料到的，門外，居然是一道樓梯？

我來不及止步，整個人就這樣翻滾下去，一頭撞在了臺階上，撞得我頭暈目眩，一時間都無法睜開眼睛。

被我緊緊護在懷裡的阿寶驚叫了一聲：「小默默！」

好像有溫熱的液體，從額角汩汩流淌了下來。膝蓋痛到站不起來，右手手臂也似乎失去了知覺。

一片意識模糊之中，只感覺到四周彷彿有陣陣滾燙的熱浪撲面而來。

我動彈不得地躺在地上，費力地喘了幾口氣，才慢慢睜開眼睛。

映入眼簾的，竟是一片熊熊燃燒的火海。

我心頭一驚，發現自己已經回到了家裡，地毯、沙發、木櫃、茶几、窗簾……所有的一切都被點燃了，正在劈里啪啦地灼燒著，散發出來一片耀眼的火光和熱浪。

怎、怎麼會這樣！家裡怎麼會著火了？

我倒在一樓客廳的樓梯口，心急如焚地撐著地面，想要起身撲火，可是膝蓋和手臂疼得完全撐不起來，額頭的血水滴滴答答地淌落地面。

「小默默！小默默！」

阿寶哭得稀里嘩啦，滿是淚水的臉蛋埋在我懷裡，緊緊抱著我。

影妖則在一旁急得上躥下跳，不知如何是好。

「放心，我沒事……」我強忍著傷痛，迫使自己冷靜下來。看了看四周，隨後在一片混沌的火光之中指向不遠處的屋子大門，道，「阿寶，門就在那裡，看到了嗎？你快點帶著球球先跑出去！」

我將阿寶扶了起來，往外面用力一推。

阿寶被我推得一屁股跌坐在地，下一秒卻又撲了回來，抓著我的衣服，緊緊貼在我懷中，一邊倔強地搖著頭，一邊哭著說：「阿寶不要走……嗚嗚嗚……阿寶要跟小默默在一起……阿寶不走……嗚嗚嗚……」

影妖也跳了過來，擠在我和阿寶身邊。

唉，這兩隻小妖怪……

我無可奈何地看著他們，趕也趕不走。而此時，眼看著火勢迅速蔓延，木質樓梯也燃燒了起來，周圍濃煙滾滾，嗆得我幾乎喘不過氣來。

不行，再不走就沒機會了！

我緊咬牙關，強撐著從地上爬了起來，一手拉著阿寶，一手抓著影妖，在烈焰的炙烤之下，在重重火光之中，一步一停地往大門走去。

嘎啦！

就在快要走到門口之際，只聽一聲脆響，天花板上的古銅吊燈居然整個掉了下來！

靠！要不要搞得這麼驚心動魄啊啊啊！

我在心中叫苦不迭，根本沒有多餘的時間思考，也來不及逃，只能摟著阿寶撲倒在地。

砰一聲。那該死的吊燈不偏不倚，剛剛好砸在了我背上，砸得我差點當場昏死過去。

「小默默！小默默！」

阿寶嗚咽著哭喊了起來。

這一次，我是真的再也爬不起來了，整個人頭昏腦脹地倒在地上，傷口的疼痛迸發出來，視線也變得越來越模糊，而最最難受的，莫過於無法呼吸，因為一吸氣，便有帶著滾燙火星的煙霧湧進鼻孔裡。

啊……不行了，實在是……撐不下去了……

前方的火焰已經快要燒到我的頭髮，燙得我渾身疼痛難忍，然而意識，不受控制地漸漸朦朧了起來。

阿寶拚命搖晃著我的身體，可是我無法做出任何回應。

也不知道過了多久，一片恍惚之中，似乎……好像……看到了一個人影撞開房門，衝了進來。

我努力睜開眼睛，可是火光太刺眼，看不清對方的樣子，只感覺到有人把我抱了起來，隨後帶著惱怒的語氣，發出一聲斷喝：「齋齋！」

齋齋？那是什麼鬼……

而這個人又是誰……為什麼……聲音聽起來如此耳熟？

不知是不是錯覺，周圍的滾滾熱浪似乎在一瞬間退散開來。

我咬了咬牙，想讓自己振作一點，可是卻無論如何都無法保持清醒。

漸漸地，眼前的世界淪為一片黑暗……

第二章 齋齋

再次醒過來的時候，我躺在柔軟的床上。

我好像被人溫柔地抱在了懷裡，額頭傷口的地方感覺涼涼的，沒有之前那麼痛了。

迷迷糊糊地睜開眼睛，迷迷糊糊地望出去，看到了一張極為俊美的臉龐。

那個人正一手抱著我，一手替我敷藥，看到我醒了，便露出一抹溫和又溫暖的微笑，問：「小默，你醒了？」

啊，這笑容，這聲音……好熟悉……好讓人懷念啊……

我下意識地動了動嘴唇，可是什麼話都沒有說出口，只是恍恍惚惚地看著眼前的人。

大腦思緒仍舊處於無法運作的呆滯狀態，感覺像是在做夢，有點分不清楚眼前的景象，究竟是現實，還是幻覺？

「小默，還有哪裡感覺不舒服嗎？」

那個人輕輕摸了摸我的額頭。

旁邊又探出來一顆圓圓的小腦袋，歪著頭，滿臉憂傷地問：「小默默，你還好嗎？小默默，還有哪裡痛痛嗎？阿寶幫你揉一揉……」

說著，小傢伙小心翼翼地捧住了我纏著繃帶的手。

我稍微回過神來，隨即看到一團毛茸茸的黑球跳到我的肩膀上，扭著身子蹭了蹭我的臉。

癢癢的感覺滑過鼻尖，我輕聲打了個噴嚏。

而打完噴嚏之後，我便一下子驚覺，這好像……

好像不是在做夢！

跳在肩膀上的是影妖，圍著床邊的是阿寶，而那個抱著我的人……

是……是……

是九夜？

靠！竟然是九夜！

這一驚簡直非同小可，我從床上跳了起來，目瞪口呆地看著眼前之人，愣了好久好久，仍然不敢相信自己的眼睛，喃喃地問道：「阿、阿夜？真的……真的是你嗎？阿夜？」

九夜微微勾起唇角，露出一抹招牌式的溫柔而又淡然的微笑，慢悠悠地說了句：「小默，我回來了。」

哈？什麼？「我回來了」？

那個失蹤了整整大半年，其間沒有任何音訊，不知道是不是已經死在哪個角落，害我一直焦慮不安的傢伙……

突然間消失，又突然間出現……現在就這麼語氣輕飄飄的一句「我回來了」？

說得就好像只是出門去逛了一圈超市那麼簡單！

看著他風輕雲淡的笑容，我火冒三丈，撲過去揪住他的衣領，將人狠狠壓在牆壁上，憤怒地質問道：「你這個混蛋！為什麼不辭而別？為什麼離開這麼久？為什麼不給我任何消息？為什麼要這樣！你知不知道……知不知道我一直……一直……在等你……我一直在害怕……害怕你是不是……是不是出了什麼事……我、我……」

說著說著，聲音哽咽了，眼底情不自禁浮起了溫熱的液體。

我趕緊低頭捂住眼睛，不想讓自己哭出來。

房間裡安靜了下來。

沉默了幾秒，我感覺到後腦勺被一隻手掌扶住，輕輕按在了心口。

九夜溫柔地將我擁進了懷裡，微笑著，輕聲軟語道：「嗯，我知道。我知道你一直在等我。小默，對不起，讓你擔心了。」

話音未落，我已經忍不住淚崩了。

記憶中從上了中學之後，我就再也沒有哭得這麼狼狽過。

淚水好像失控了一樣，止也止不住，將壓抑在心中長達半年之久的情緒全部宣洩了出來。

九夜一直溫柔地抱著我，像在哄孩子一樣地輕輕摸著我的頭髮。阿寶捧著一大盒紙巾遞過來，影妖也眨巴眨巴著一雙綠色大眼睛望著我。

在大家的關注之下，我不好意思地紅了臉，慢慢整理好了自己崩潰的情緒。

身體仍然感覺有點虛弱，但是我不想躺在床上，九夜扶著我慢慢下了樓。

然而，讓人感到不可思議的是，我發現家裡的一切，居然全都恢復成原本的樣子，絲毫沒有被焚燒過跡象。

牆壁沒有發黑，沙發仍舊完好，窗簾和木頭樓梯沒有任何損壞，而那個差點砸死我的金屬吊燈，此時此刻也好好地掛在天花板上。

若非身上的傷明明白白地擺在那裡，我幾乎要懷疑，那場驚心動魄的火災只是我自己的幻覺。

「這到底是怎麼回事？」

我疑惑地看著九夜。

九夜沒有回答，而是語氣嚴厲地說：「齋齋，向小默道歉。」

「齋齋？你在跟誰說話？」

我看了四周一圈，空空蕩蕩，沒有一個鬼影。

就在我想再次發問時，背後冷不防冒出一陣高亢嘹亮的歌曲。

我嚇了一大跳，回頭一看，原來，是不遠處櫃子上那個式樣復古的大喇叭留聲機自動打開了，樂曲就是從那裡放出來的。

可是……可是留聲機的轉盤上……沒有放任何唱片啊……

樂曲聲變得越來越響亮，在屋子裡一遍又一遍地迴盪，而歌詞反反覆覆地就幾句話——

「寶貝對不起，不是不疼你，真的不願意，又讓你哭泣；寶貝對不起，不是不愛你，我也不願意，又讓你傷心。」

這是一支很老的樂隊的經典歌曲。

聽著這些歌詞，聽著幾乎震耳欲聾的樂曲，我忍不住抽了下嘴角，趕緊制止道：「好了好了，別再唱了，我聽到了聽到了。」

留聲機戛然而止，可隨即，電視機螢幕又自動跳了出來。

畫面上是一部很舊的經典愛情電影，正在上演男主角向女主角道歉的經典鏡頭。

男主角跪在蒼茫雨簾之中，一邊哭著，一邊苦苦哀求道——

「對不起，都是我的錯，請你原諒我，好不好……以後我不會這樣做了，再也不會了……對不起，害你受了傷，讓你承受了那麼多痛苦，都是我不好，都是我該死……對不起，求你原諒我好不好？求求你……」

語調誇張的臺詞聽得我一臉黑線，不明所以地看向九夜。

九夜低聲笑了笑，說：「它在乞求你的原諒。」

我扶了下額，哭笑不得地說：「好吧，我原諒你，別再演戲了。」

話音落下，電視機螢幕自動關閉，一旁的收音機裡又突然跳出一聲歡呼：

「耶！萬歲！」

我覺得有點好笑，看了看九夜，問：「齋齋是個妖怪，對嗎？」

「對，沒錯。」九夜點點頭。

所以，之前阿寶所說家裡有妖氣，應該就是「齋齋」發出來的吧？

我一邊思忖著，一邊道：「那麼讓它出來吧，不要再藏起來了。」

九夜笑了笑，說：「它從來都沒有藏起來，它一直都在你眼前。」

「一直都在我眼前？」

我看了看周圍，疑神疑鬼地問：「該不會……是那臺留聲機吧？還是電視？

或者……難道是收音機？」

九夜搖著頭，但笑不語。

阿寶跑過來拉了拉我的衣袖，踮起腳尖，湊到我耳邊，悄聲道：「小默默，我們現在，都在那隻妖怪的肚子裡呢。」

「什麼！肚子裡？」

我吃了一驚，停頓了幾秒，突然意識到了什麼，猛地抬起頭看了看天花板，又看了看四周的牆壁，難以置信地往後退了一步，愣愣地說：「喂喂，你們……你們該不會是要告訴我，這幢房子……這幢房子其實是個妖怪？」

話音未落，收音機裡突然跳出來一曲歡快的 rap ——

「Bingo bingo bingo! Your answer is right! Oh, my baby, you are always right!」

我不禁滿臉黑線，又不可思議地看向九夜。

九夜笑得一臉高深莫測，沒有否認。

「靠！這、這是什麼情況！我住了一年多的房子，居然是隻妖怪？」

我整個人如同被驚雷劈到，結結巴巴地問：「所以……齋齋是幢房子？房子也能化成妖怪？」

「不，齋齋不是房子，齋齋是一隻蜃妖。」

九夜在沙發上坐了下來，取過一盞精緻的青花瓷壺，慢悠悠地沏了一壺香茶，倒了一杯給我，微笑道：「小默，你應該知道『海市蜃樓』吧？」

「海市蜃樓？」我眨了眨眼睛，運用自己還沒遺忘的課本知識，一本正經地闡述道，「那是一種在特定條件下，因為光的折射作用而產生的自然現象，通常出現在海面或者沙漠。」

「這是人類的誤解。」

九夜輕聲笑了笑，似是感嘆地說道：「人類啊，總是喜歡將自己無法理解的事物硬生生地歸結出一個合理的科學解釋。」

「噗！」

我噴了一口茶，哭笑不得地在心中腹誹：所以，讀了那麼多年書，學到的都是偽科學嗎！

九夜看著我，又道：「所謂『海市蜃樓』，其實是蜃妖吐氣，氣化蜃景，皆為幻境。而沙漠中的蜃景和海面的蜃景，又是兩種完全不同的事物。」

「咦，沙漠和海面還不同？那齋齋是……」

「齋齋是深海裡的蜃妖。」

「深海裡的妖怪？為什麼跑到陸地上來了？」

我被徹底吊住了胃口，睜大眼睛，滿臉好奇地看著九夜。

九夜低頭淺啜了口茶水，不疾不徐地道：「蜃者，大蛤也。上古時期，雛雉入海而化為蜃，修煉千年成妖。用你們人類的語言來解釋，蜃妖就是生活在深海之中，由巨大蛤蜊所化成的妖怪。」

「噗！蛤蜊？你是說，齋齋其實是一隻蛤蜊？」

「對，沒錯，齋齋的原形是蛤蜊。」

「也就是說……我們一直……住在一隻巨大的蛤蜊裡面？」

由於畫面太過強烈，我忽然覺得有點好笑，忍不住偷偷瞄了一眼四周圍的牆壁，又看了看屋頂，可是並未察覺任何端倪。

這房子，完全看不出來是一隻蛤蜊啊。

九夜饒有趣味地看著我，繼續說道：「蜃妖是一種情感極為豐富、心思極為細膩的妖怪。它們經年累月生活在不見陽光的深海之底，只有很偶然的機會，才會悄悄浮到海面上來透一口氣，而它們呼出來的氣，會化成人類世界的亭臺樓閣和建築。這便是你們所說的，海市蜃樓。」

「呃，原來海市蜃樓是這麼回事啊……」我想了想，問，「可是，為什麼蜃妖呼出來的氣會變成人類世界的建築？」

「因為憧憬和嚮往。」

九夜道：「蜃妖生活的深海，是在人類已知範疇之外更深的地方。那裡沒有絲毫陽光，也沒有任何活物，除了極致的黑暗和冰冷之外，什麼都沒有。所以，蜃妖非常憧憬人類的世界，它們嚮往人類世界的溫暖陽光與生機盎然。由於這個原因，有時候會有一些蜃妖選擇離開故土，離開自己生活的地方，來到人類的世界，努力在這片充滿陽光、溫暖又明亮的世界生活下去。而齋齋，就是其中之一。」

「原來如此，所以，深海裡的妖怪才會來到陸地上……」

喃喃地感慨了一句，我看了看九夜。

九夜的神情一如既往地淡然，線條優美的唇角勾著微微笑意。

但我知道，事情絕不會這麼簡單。

果然，又聽九夜緩緩開口道：「可是，來到陸地之後，蜃妖發現，人類的世界並不如它們想像中那般溫暖美好，恰恰相反，經常會有醜惡骯髒的事物不斷衝擊它們的情緒。」

話音落下，我忍不住問道：「齋齋……是在人類世界裡化成了房子，對嗎？」

「沒錯，蜃妖無法化成人形，只能化為屋宇樓宅。」

九夜慢慢喝了口茶，放下杯子。

「齋齋的第一次化形，是一棟普通的農宅，裡面住著一家三口，過著最傳統的男耕女織的生活，雖然不富有，但也算日子安康。在那段時日，齋齋非常快樂。後來，男主人不幸染上肺病，家裡沒錢醫治，迫不得已，他們只能將房子賣給了一個富商，沒想到富商卻將房子改建成一家妓院。」

「改建成妓院？齋齋……願意嗎？」我皺了皺眉。

九夜搖搖頭，說：「那個時候的齋齋是一隻初涉人世的小妖，並不明白妓院意味著什麼，也完全無法理解，便任由那個富商改造了。在民國初期動盪不安的亂世中，妓院落成之後非常受歡迎，尤其受軍閥權貴青睞，可是裡面的女孩子並未受到很好的待遇。年輕貌美時固然有如眾星拱月，一旦年老色衰便被如棄敝履。

「不受歡迎的女孩子會被祕密地囚禁在地下室裡，無人問津，直至漸漸病死，抑或，不堪忍受而上吊自盡。更加殘忍的是，由於當時沒有避孕措施，也沒有足夠的醫療技術，懷胎十月無法接客的妓女會被拖入產房，老鴇則將剛出生的嬰兒投入火爐裡活活燒死……」

「將、將活生生的嬰兒直接燒死？」

我猛地吃了一驚，難以置信地張著嘴。九夜的語氣一直很淡，卻字字句句都聽得我渾身惡寒，更加不敢去假想當時的情景，簡直令人髮指。

「齋齋它……應該不會想到……人類居然做得出這種事情吧？」我喃喃地問。

九夜微微一笑，緩緩倒著茶水，仍舊淡淡地敘述道：「我之前說過，蜃妖的情感細膩豐富，它們可以強烈地感受到人類的情緒變化，尤其是激烈的負面情緒。在那家妓院裡，無論是被囚禁在地下室裡枉死的女孩，還是被燒死在火爐中的嬰兒，都會散發出極其強烈的憎惡和怨恨之氣。日復一日，年復一年，瀰漫在房子裡的戾氣累積起來，不斷刺激著齋齋，最終導致齋齋不堪重荷，徹底墮化。」

說到這裡，九夜喝了口茶，又道：「當我遇見齋齋的時候，已經遲了一步，它完全戾氣暴走，整個房子一夜間起火，火勢迅猛，撲救不及，燒死了妓院裡的所有人。」

我沉默地聽著這些敘述，想到了那場差點把我燒死的火災，想到了那個幽暗的密閉空間，想到了滿地橫流的血水，想到了牆壁上那一雙雙小手印，還有嬰兒的啼哭，以及，那些淒慘絕望的尖叫聲……

之前所經歷的那莫名其妙的一切，似乎，都找到了根源。

「後來呢？」

我好奇地看向九夜。

九夜只是笑了笑，沒有回答。

我知道，一定是齋齋和九夜之間發生了某些事情，所以現在，九夜看起來好像……似乎……變成了齋齋，也就是這棟房子的主人？

疑惑地低頭想了想，我忍不住問：「我在這棟房子裡住了這麼久，為什麼之前阿寶都沒感覺到齋齋的妖氣？」

「因為被我封印住了。」

「那為什麼現在又突然間……突然間……」

我一下子找不到合適的詞語來形容。

九夜微微笑了笑，說：「因為我離開得太久了，齋齋又不停地受到你的情緒影響，才一時間沒有控制住，爆發了戾氣。」

「受到我的影響？」

我困惑不解。

九夜點點頭，道：「小默，這段日子以來，你的情緒非常不穩定，對嗎？齋齋可以感受到你的焦慮和不安。」

「我……」

我咬著嘴唇，不知該說什麼好。

顯然，九夜也明白我為什麼會焦慮不安的原因。

白瑞澤的那瓶黃泉水！

九夜之前喝下了那瓶會腐蝕五臟六腑的黃泉水！

我一直在擔心他會不會出事……

九夜摸了摸我的頭髮，柔聲安慰道：「小默，我知道你在擔心什麼，目前暫時沒事了，放心吧。」

「暫時？暫時是什麼意思？」

我一把抓住他。

九夜反握住我由於太過緊張而微微發顫的手，意味深長道：「我所說的『暫時』，恐怕會比你的一輩子還要久遠，因為，我的生命很漫長。」

聽到這話，我一下子呆住了。

九夜仍然微笑著，笑得很溫和，也很平靜。

他輕輕拍了拍我的肩膀，說：「小默，事到如今，你大概已經知道了，其實我並不是──」

「我才不管你是什麼！」

我激動地打斷他的話，一下子站了起來。

九夜愕然地看著我。

我轉過臉，避開他的視線，緊握著拳頭深吸了口氣，結結巴巴地說道：「我、我才不管……不管你是人是鬼……是魔是妖……我、我只知道……你尉遲九夜，是我沈默的朋友，其他我什麼都不在乎！」

「小默……」

九夜望著我，問：「難道，你不怕我嗎？」

「哈？怕你？」

我抬眸斜了他一眼，沒好氣地小聲嘀咕道，「沒有我，你連飯都吃不飽，我為什麼要怕你啊？」

聽到這話，九夜不禁噗嗤一聲，笑了出來。

「笑什麼笑，難道我說的不對嗎？」我皺眉瞪他。

九夜微笑著伸出雙臂，將我擁進了懷裡，語氣非常溫柔地低頭在我耳邊輕聲說了句：「小默，謝謝你。」

第三章
七味

關於白瑞澤，關於那天所發生的事情，九夜後來一直沒有提及。

不過他有告訴我，那天我掉下去的那個山谷，其實是一處「墟」。

所謂「墟」，就是「此岸」和「彼岸」的連結點，通俗點來講，也就是陽世和陰間的出入口。

九夜說，其實這個世界上存在著許許多多的墟，只不過常人不容易發覺，而墟的周圍，會徘徊著許多不願意進入輪迴的孤魂野鬼，也就是之前將我的魂魄啃噬得面目全非的那些「殭屍群」。

回想起當時的情景，仍然讓我心有餘悸。

「阿夜，那個白瑞澤到底是什麼人？他為什麼要害你，他是不是跟你有什麼深仇大恨啊？」我不甘心地追問。

九夜只是笑笑，淡淡說了句：「抱歉，我沒想到會連累你。」

「拜託！你明知道我不是這個意思！」

我提高嗓音，可是九夜已經轉身離開了。

顯然，有些事情，他並不想讓我知道，更不願意我插手。

既然他不肯說，我也拿他沒辦法，只能看著他的背影深深嘆了口氣。

一切都安定了下來。

生活，似乎又再次回到了原來的軌跡上。

我每天大部分的時間都坐在電腦前寫稿，空下來的時候就打掃打掃環境，洗洗衣服，給院子裡的花澆澆水，以及，負責家裡的一日三餐。

而九夜仍然和以前一樣，就像個少爺似的什麼都不會做，真不曉得在認識我之前的那些年，他一個人到底是怎麼過來的。

不過，只要能夠看到他安靜地坐在陽光底下看書喝茶的身影，我便已經滿足了。

原本我打算在這棟房子裡住到九夜回來就走，可是終於等到人了，我好像又有點捨不得離開，整理好了行李，卻遲遲沒有開口。

直到有一天，我終於下定決心想要告辭，話剛到嘴邊，坐在沙發上的九夜就慢悠悠地放下手裡的書卷，又慢悠悠地看了我一眼，微笑著，說：「小默，如果你真的決定要回去，我也不會阻止你，只是……」

「只是什麼？」

「只是，我可以每天到你家裡吃飯嗎？」

「哈？你、你說什麼？」我愣了一下。

那傢伙勾起唇角，笑得一臉無辜又純良的模樣，道：「你難道不擔心我會餓死嗎？你知道的，我連雞蛋都不會煎，人類的食物太複雜了。」

「靠，在人世活了那麼久連個雞蛋都不會煎，你還好意思說？」

我滿臉黑線地瞪著他，還想再吐槽幾句，阿寶卻拉著我的衣袖吵吵嚷嚷道：「小默默小默默！阿寶也要每天去小默默的家裡吃飯！」

影妖也跳了過來，蹦到我的肩膀上，咧開嘴角嘻嘻一笑，擺出一副「你是我的主人，我當然也要跟著你」的無賴表情。

看著他們三個，我徹底無語了，就連內心僅有的一絲離開的念頭都被完全打消，投降道：「好啦，我不走，我留下來繼續當你們的傭人兼保母兼廚師。那麼，請問各位，今天晚飯要吃什麼呢？」

阿寶跳了起來，剛要說話，卻被九夜打斷了。

「小默，你昨晚通宵趕稿已經很累了，今天就不要做飯了。」

「呃，那……晚飯怎麼辦？」

「聽說這幾天城北的夜市在舉辦美食節，要不要去看看？」

「哦？美食節？」

阿寶興奮地舉起雙手，歡呼道：「好耶！好耶！美食節！美食節！阿寶要去美食節！」

影妖跟著起哄，圍著沙發蹦過來跳過去。

看著他們興高采烈的模樣，我忍不住笑了笑。

於是，晚上七點，我和九夜帶著阿寶，還有影妖，一起來到了城北的夜市。

我已經很久沒有來夜市了，夜市裡還是這麼熱鬧，道路兩邊擠滿了各種攤販，美味小吃琳琅滿目，空氣中飄滿了食物的香氣。

阿寶是「妖生」中第一次逛夜市，也是第一次見到這麼多美食齊聚一堂，興奮得一會兒衝到這邊看看咖哩魚蛋和烤香腸，一會兒又撲到那邊聞聞炸豬排的香味，饞得兩眼放光、口水直流。

「小默默小默默，阿寶要吃那個圓圓的丸子！還有香腸！還有豬排！還有煎蛋餅！還有……還有那朵像雲一樣的東西……」

「雲一樣的東西？」

我不明白地眨了眨眼睛，順著小傢伙指的方向一看。

哦，原來那邊在賣烤棉花糖。

蓬鬆柔軟的棉花糖色彩繽紛，吸引了許多小孩子圍在旁邊。

阿寶也跑了過去，和普通的人類孩子站在一起，目不轉睛地盯著擺攤大叔技巧嫻熟地烤著一串彩色棉花糖。

呵，說到底，阿寶終究是個「孩子」。

我笑了笑，對九夜道：「等我一下，我去買棉花糖給阿寶。」

九夜搖頭嘆道：「你呀，如果以後有了小孩，肯定會被你寵壞。」

我嘿嘿一笑，假裝沒聽到，轉身走去了棉花糖的攤販。

買完棉花糖，阿寶興奮地舉著那朵「彩雲」，一蹦一跳地跑開了。

「阿寶！不要亂跑！這裡人太多，等一下走丟就麻煩了！」

我趕緊追了上去，一不留神迎面撞到了人。

「啊，對不起，我——」

我回過頭，看著那個人愣了愣。

剛才撞的那一下其實很猛，可是不知道是不是錯覺，我感覺……這個人的身體很軟，軟到彷彿沒有骨架一樣，我撞上去的時候完全沒有感受到任何阻力，直接往前一個踉蹌，整個人撲倒在地上。

「對、對不起……您有沒有受傷？」

我一邊從地上爬起來，一邊詢問。

那個人穿了一身奇特的衣服……哦，不，也許都不能稱之為「衣服」，而是一塊質地粗糙的黑色麻布，將渾身上下包得嚴嚴實實，乍看之下簡直如同一具木乃伊。

昏暗的夜色中，我被這人怪異的裝扮嚇了一跳。

只停留了兩三秒鐘，對方就一言不發地與我擦肩而過，急匆匆地離開了。

我呆在原地，愕然地望著他的背影在人群之中漸行漸遠。

九夜走過來拍了下我的肩膀：「小默。」

我回過神來，看了看九夜，喃喃道：「阿夜，那個人好像……好像……沒有腳……我剛才摔倒的時候，看到他衣服底下是空的……」

九夜「嗯」了一聲，並不驚訝，只是抬起頭往天上看了看。

我敏銳地察覺到了什麼，趕緊從衣服口袋裡摸出影晶石眼鏡戴上，順著九夜的視線抬頭一看。

天吶，那、那些聚集在整個夜市上方，漫天飛舞的影子都是什麼東西？彷佛一雙雙閃亮亮的眼睛，襯著漆黑的夜幕，不停地眨啊眨……

「為什麼上面會有那麼多眼睛？」

我驚訝地望著這個奇異的景象。

九夜搖頭道：「那些不是眼睛，是嗅蝶。」

「是妖怪？」

「對，沒錯，嗅蝶是一種族群數量龐大，但是個體力量弱小的妖怪，所以它們喜歡聚集在一起行動。而你說的『眼睛』，其實是它們的嘴巴。」

「呃，那一眨一眨的……居然是嘴巴？」

「嗯，它們在進食。嗅蝶以香氣為食，尤其喜歡人類食物的香氣。」

「原來如此，所以它們才會聚集在夜市上空，咦，等等……那又是什麼？」

我好奇地往前走了幾步，只看到那無數雙閃動的「眼睛」裡，還飛舞著幾個色彩鮮豔、約巴掌大小的小人。

九夜也望著那幾個小人，隔了半晌，喃喃說了句：「沒想到七味也來了。」

「七味？」我撓撓頭，道，「那不是調味料嗎？七味粉？」

九夜笑了笑，說：「人類生而有五感，色聲香味觸，而其中味覺又分七屬，酸甜苦辣鹹澀甘。所以『七味』，是指人類七種不同的味覺。」

「七種不同的味覺？」我抬頭數了數，道，「那裡正好有七個彩色小人在飛！」

「嗯，七味妖，不同顏色代表著不同味道，黃色屬酸，紅色屬甜，黑色屬苦，橙色屬辣，藍色屬鹹，青色屬澀……」

說到這裡，九夜停住了，沒有再說下去。

我指了指不遠處，道：「還有一個，那個小人的顏色怎麼看起來好像果凍一樣透明？它是甘？等等，甘……那究竟是什麼味道啊？」

九夜沒有回答我，只是若有所思地看著那個果凍色小人。

這時我發覺，果凍色小人好像和其他六個小人不太一樣，因為它明顯飛得特別慢，翅膀扇動起來好像非常吃力，似乎很疲憊的樣子，飛著飛著，居然突然間從半空裡筆直墜落了下來。

我吃了一驚，趕緊往前跑了幾步，接住那個掉下來的小人。就在我伸出雙手之際，迎面跑過來一個人。

這個人，就是之前被我撞到的那個渾身裹著黑布的怪人。

怪人看到我，似是愣了一下，隨即又看到我身後的九夜，突然間一個急剎車，停在了距離我三步之遙。

就在他猶豫時，啪的一聲，墜落的小人剛好摔在我的掌心裡。

「阿夜！它、它怎麼掉下來了？」

我驚訝地抬起頭，卻發現，那個裹著黑布的怪人已經不見了。

晚上九點，在夜市裡一頓大快朵頤之後，大家心滿意足地回到了家裡。

我把那個墜落的小人從口袋裡小心翼翼地拿了出來，放到桌上。

阿寶和影妖都圍在旁邊好奇地盯著它，而這個小小的人兒似乎有點怕生，膽怯地看了看四周，然後動作遲緩地從桌面慢慢爬了起來。它努力地扇了扇薄如蟬翼的小翅膀，卻無論如何都飛不起來。

「阿夜，它怎麼了？是生病了嗎？」

我伸出手掌，小人抬起頭看看我，躊躇了一下，似乎有點害怕。而在確定了我不會傷害它之後，它抱住我的一根手指，爬進了我的掌心。

我把它托了起來，湊近仔細看了看。

小人長得非常可愛，小巧玲瓏，有著一對像是精靈的尖耳朵，可是在明亮的燈光照耀之下，它的身體幾乎接近透明，彷彿一顆快要融化掉的冰晶，只有在翅膀部分若隱若現地描著些許淡色紋路。

「阿夜，它為什麼飛不起來？」我問。

九夜一邊沏茶，一邊緩緩說：「它剩餘的時間，恐怕已經不多了。」

「剩餘的時間不多了？」

我吃驚道：「你的意思，難道是它快死了嗎？」

「沒錯。」九夜點點頭，道，「等到它的身體完全透明，它就會消失。對於妖來說，消失，就意味著死亡。」

「它為什麼會消失？」我愕然地看著九夜。

九夜看了看我掌心裡的小人，道：「七味妖，是因人類對味覺的追求和執念而誕生，一旦沒有了人類的執念，被人類遺忘，它自然就會消失。」

這番話說得有點難以理解，倘若按照字面意思來解讀，那麼，七味妖是因為人類對於七種味覺的追求才會誕生，也就是說，是人類對「酸甜苦辣鹹澀甘」的執念，產生了這七個小人，而現在，甘就要消失了，是因為人類的遺忘？

我一邊思考著，一邊喃喃地問：「說到底，甘，究竟是什麼味道？」

九夜喝了口茶，悠悠道：「甘，是食材本身的味道。」

「食材本身的味道？」我皺了皺眉，仍舊不解。

九夜微微一笑，又道：「小默，我問你，松茸是什麼味道？」

「松茸？唔……」我想了想，回答說，「松茸做的海鮮湯，味道很鮮美啊。」

可是九夜搖搖頭：「不，我是指，松茸本身的味道。」

「松茸本身的味道？」我一愣，「呃……松茸本身，應該沒有味道吧？」

話音落下，九夜笑了，又問：「那麼花椰菜是什麼味道？」

「花、花椰菜……有味道嗎？」

「那麼捲心菜呢？馬鈴薯呢？還有冬瓜、蘿蔔、玉米？」

「呃……」

我被問得一臉茫然，愣愣地眨了眨眼睛，想了一會兒之後，回答道，「你剛才說的那些東西，如果不加調味料，應該全都淡而無味吧。」

「不，你錯了。」九夜微笑著，說，「小默，這些食材，其實本身都是有味道的，非但有味道，而且味道還很濃郁，鮮美至極，可是，現代的人類幾乎品嘗不出來了，只能嘗出一絲若有若無的淡味。」

悠悠地說完，九夜又問：「小默，剛才在夜市你吃了什麼？」

我回憶了一下，道：「咖哩蝦球、麻辣豆腐、滷味花生，還有醬牛肉。」

「你能告訴我，鮮蝦、豆腐、花生，還有牛肉，是什麼味道嗎？」

我忽然間一愣。確實，無論是咖哩，或是麻辣，或是滷味，或是醬汁，這些，統統都是調味料的味道，而在大快朵頤地吃完之後，我卻完全說不出自己吃下去的食物本身，究竟是什麼樣的滋味。

看我回答不出來，九夜笑著喝了口茶，道：「古人云：民以食為天。數千年來，人類對於味覺的享受和對美食的追求一直沒有停歇過。最初，人類發明了鹽和醬油，是為了增加食材的可口度，可是隨著社會發展，食物調味料的種類變得越來越繁多，越來越受歡迎。而人類的味蕾在嘗遍了調味料之後，已經漸漸麻木，品嘗不出食材本身的味道了，因為那些辛辣鮮香、濃油赤醬的調味品，覆蓋了食物原有的鮮美，破壞了人類最初最原始的味覺。這就是為什麼，甘，正在慢慢消失的原因。」

聽完這番話，我一時間不出聲了，心中五味雜陳，沉默地看著掌心裡那個正在努力扇動翅膀、卻無論如何都飛不起來的透明小人。

「那麼，有什麼辦法可以救救它嗎？」我喃喃地問

九夜搖了搖頭，道：「除非，人類可以再次回憶起甘的味道。」

甘，是食材原本的味道。

按照九夜的說法，那才是人世間真正的至臻美味，可是，人類的味蕾早已經品嘗不出來了，眼看著那個小人變得越來越虛弱，我卻什麼都做不了。

當天晚上，我躺在床上輾轉難眠，一直到午夜時分都睡不著，翻了個身，在枕邊摸到影晶石眼鏡戴上，隨後望著書桌上的小人愣愣地出神。

阿寶用一只糖果盒子做了一張小小的床，裡面鋪了柔軟的毛巾。甘躺在毛巾上，朦朧的夜色中幾乎看不清楚它半透明的身體，需要很努力地仔細分辨，才能稍微看到那一雙玲瓏剔透的小翅膀。

也許，用不了多久，這個小人就會消失了吧？

我輕聲嘆了口氣，剛要摘下眼鏡，卻突然間動作一滯。

因為，我居然看到了窗外有人！

確切點說，是一個人影，隔著窗簾，正對著屋子。

可是，這間屋子是在二樓啊！為什麼窗外會有人？

我猛一個激靈，一下子從床上坐了起來。皎潔的月光下，那個輪廓清晰的黑色人影一動不動地站在窗外，如同一抹悄無聲息的幽靈。

這是什麼狀況？難道他是爬梯子上來的嗎？靠！是賊？

我趕緊抓起櫃子上的一本厚書，當作武器緊抓在手裡，屏氣凝神地盯著那個人影，悄悄下了床，一步一步地走了過去。

「什麼人！」

大喝一聲，我猛地掀開窗簾，同時舉起書。然而，就在看清楚窗外之人的瞬間，我一下子呆住了，不由自主地手一鬆。

啪，書本掉落在地。

眼前的人不是別人，正是之前在夜市裡出現過的蒙面怪人！

澄澈的月色之下，只看到他搖搖晃晃地飄浮在窗前，對，沒錯，是飄浮！因為根本就沒有梯子，他的腳下是空的！整個人就這樣懸在半空與我面對面！

我吃驚得說不出話來，渾身僵硬地定格在窗前。

就在下一秒鐘，只聽呼啦啦一聲，驟然掀起的夜風將怪人身上的黑色斗篷吹落下來，露出了黑布底下的真實面目。

我啊地大叫一聲，嚇得膝蓋一軟，一屁股跌坐在地。

靠！這、這是什麼鬼！

我驚恐萬狀地瞪著眼睛，直愣愣地看著飄浮在窗外的那顆頭！

這、這個「人」，非但沒有腳，甚至沒有身體！只有一顆好像肉球的頭顱，頭顱上沒有眼睛沒有鼻子沒有耳朵，唯獨長著一張血盆大口！

「小默，怎麼了？」

這時，門外響起了九夜的聲音。

我趕緊跌跌撞撞地爬起來，一邊撲過去開門，一邊語無倫次道：「阿夜！頭、頭！窗、窗外有一顆——」

說到一半，戛然而止，因為我發現，不知何時，窗外那顆頭不見了，而明明剛才還緊閉著的窗戶，此刻半開著，涼颼颼的夜風一陣陣地吹進來。

怎麼回事？那顆頭飛走了？

我再仔細一看，這才發現躺在書桌上的那個小人不見了！

糟糕！是那顆頭顱偷走了甘？

我急著跑到窗邊去看，九夜卻比我更快一步。

我只感覺眼前有人影一閃而過，隨即就看到九夜已經一手撐在窗臺，縱身一躍，就這樣直接從窗邊跳了出去！

靠！這傢伙！

我看傻了眼，趕緊跑到窗前往底下瞧，可是實在沒勇氣跟著一起跳，只能轉身從房門口衝了出去。

當我衝到一樓，打開大門，就看到九夜將那顆頭顱一腳踢飛了下來，隨後按在地上，沉聲命令道：「吐出來。」

那顆頭掙扎了一下，咧開嘴，露出兩排鋒利的牙齒，彷彿在示威。

而這時，背後忽然響起了一個稚嫩的童音：「小默默……」

阿寶打著哈欠，睡眼惺忪地從屋子裡走出來。

我轉過身，還沒來得及說話，就感覺背後有一道疾風掠起。

只見那顆頭從九夜手下掙脫出來，一個飛撲，速度快到我完全來不及反應，就看著它張開大嘴，一口將阿寶吞了進去！

「阿寶！」

我一個箭步衝上前，卻撲了個空。

那顆頭在半空劃出一道弧線之後，以驚人的速度逃離了。

九夜立刻追了上去，我也趕緊跟在後面狂奔。

「不可以讓它回到自己的身體裡，一旦回到身體，被它吃下去的就會被消化掉！」

「那顆頭究竟是什麼鬼東西？」

「那不是頭，是胃。」

九夜的回答出人意料。

「胃？」

「那是饕餮的胃，每到天黑就會從身體裡飛出來尋找美食，剛才在夜市的時候，它就已經盯上了甘，是我太大意了。」

一邊說著，九夜一邊加快了速度。

而我已經跑得上氣不接下氣，完全跟不上。

轉眼間，九夜的背影就消失在了前方樹林裡。

等我氣喘吁吁地追到那裡，就看到那顆巨大的「頭顱」正張開大嘴撲向九夜。

九夜一個閃身，動作敏捷地避開了，隨後又踩著樹幹一躍而起，一拳重擊在那顆「頭」的臉上。

「頭顱」向後斜飛了出去，並沒有跌落，而是撞在樹枝上又彈了回來，再次張開血盆大口撲向九夜。

這回，九夜沒有再躲避，反而迎面衝了上去，平地躍起，腳下一蹬，手臂一抬，將那張大嘴牢牢撐住！

「頭顱」用力掙扎了一下，可是仍然無法把嘴閉上，也逃不掉，只能張著嘴巴使勁搖晃身體，力氣大到四周的樹木跟著一起不停地晃動，幾乎整個地面都在震顫，可即便如此，它始終無法從九夜的手底下掙脫開來。

我目瞪口呆地看著眼前這一幕。

這還是我第一次見識到九夜的力量，居然如此強大。

虧我曾經還一直以為這傢伙是個手無縛雞之力的文弱書生……

「小默，快去把阿寶帶出來。」

九夜轉頭看我，道：「記住，不要走得太深，饕餮的胃是無底洞，如果走得太深，就回不來了，知道嗎？」

我緊張地咽了口唾沫，點點頭，然後走到那張血盆大口前。

九夜又拉了我一下，說：「小默，我恐怕撐不了太久，你要盡快出來。」

「嗯！」我咬了咬牙，低頭爬進那張血盆大口之中。

一股令人作嘔的腐臭氣味撲面而來，我放慢呼吸，打開了手機照明，感覺自己彷彿置身於一片伸手不見五指的無底黑洞，而燈光所過之處，盡是一幕幕令人不寒而慄的恐怖景象。

一片混沌之中，有無臉的長髮女人在倉惶奔跑，有發光的不明生物在周圍蠕動，有長著無數雙蒼白手臂的藤蔓在悄悄攀爬；我還看到了夜市中見過的嗅蝶，正在黑暗中無聲地扇動著翅膀，如同一眨一眨的眼睛……

這些，都是被這顆「頭」吃下去的東西。

我不敢逐一細看，只顧埋頭往前走。

地面非常濕滑，帶著一層厚厚的噁心黏液，我幾乎一步一個踉蹌，一邊用手機燈光照向四周，一邊大喊：「阿寶！阿寶！你在哪裡？阿寶！」

喊了片刻，黑暗中隱約飄來一個聲音啜泣著回應道：「小默默，我在這裡……」

「阿寶？阿寶！」

我循著聲音的方向將燈光照過去，看到一個小小的身影蜷縮在那裡。

「小默默……這裡好黑……嗚嗚嗚……」

阿寶嗚咽著，向我撲了過來。

我一把抱住他，發現他手裡還抓著一個小人。

那是甘！甘的情況看起來很不妙，虛弱得奄奄一息。

「阿寶，抓緊我，我這就帶你們出去。」

一邊說，我一邊踉踉蹌蹌地奔跑起來。

可是當我跑到出口，卻發覺那張大嘴幾乎已經閉合，只留下一道狹小的齒縫，而九夜正半跪著，用肩膀和膝蓋拚命地撐住那道縫隙。

「小默！快出去！」

九夜喊了一聲。

我趕緊衝過去，可是空間變得越來越狹窄，身體已經無法站直，只能匍匐著前行。好不容易爬到縫隙口，我將阿寶先推了出去。

九夜似乎快要支撐不住，身子被一點一點地往下壓了下去。

「阿夜！」

我想要幫忙，可是被九夜呵斥了一聲。

「快出去！」

我遲疑了幾秒，還是咬牙從縫隙裡爬了出去。

然而，當我一腳踏上地面，就聽到背後啪的一聲震響，回過頭，那張大嘴已經完全閉合了！

九夜被吃了進去！

「阿夜！」

我剛想撲過去，那顆「頭顱」已經一個轉身，飛上了高空。

「阿夜！阿夜！」

我追著那顆「頭」，拚盡全力地在樹林裡狂奔。然而，那顆「頭」越飛越高，越飛越遠，眼看就要消失在視線盡頭。

腳下突然間一絆，撲通一下，我整個人撲倒在地，摔得十分狼狽。

「小默默！」

阿寶從後面跑過來扶我。

我抬起頭，急著想要尋找那顆「頭」在哪裡。可是放眼望去，黑黝黝的樹林裡滿是茂密的枝葉，遮擋住了視線，我什麼都看不清，只能盲目地繼續往前奔跑，一邊跑一邊大喊。

直到跑得一口氣差點接不上來，突然，看到遙遠的前方炸裂出一片刺眼的白色光芒，瞬間將漆黑的夜色照亮。

我望著那片遙遠的天際，不禁呆了一下。

清冷的月輝之中，一雙巨大的黑色羽翼出現在視野裡，遮天蔽月，幾乎撐滿了整個夜空。然而，僅僅只是一剎那，隨著光芒消逝，那雙巨大的羽翼便隱沒在了濃濃的夜色裡。

一切，又恢復到了最初的寧靜。

只有漫天黑色羽毛紛紛揚揚地飄落下來。

微風吹拂過來，輕輕撫過樹林。

剛、剛才……那是九夜？我呆呆地愣在原地。

過了片刻，一個熟悉的身影從樹林深處慢慢走了出來。

我立即跑上前，緊緊抓住他的衣袖，一個字都說不出口。

九夜微微笑著，笑得讓人很安心，彷彿什麼事都沒發生過似地，口吻淡淡地說了句：「小默，我有點餓了，回家煮消夜給我吃好嗎？」

我一愣，沉默了幾秒，釋然地笑了笑，點點頭。

「嗯。」

饕餮的胃被嚇跑了，應該暫時不會再出現。

不過九夜說，饕餮不止一個胃，而是有九十九個，一到晚上就會從身體裡飛出來，到處尋找美味食物。

這個傳說中的貪婪怪物，還真是懶得可以，吃飯都不用自己動手。

第二天上午，我一覺睡到很晚，醒來時就看到阿寶和影妖圍著書桌。

甘躺在那裡已經起不來了，身體看起來比之前更加透明，小小的腦袋無力地歪在一邊，睜著眼睛虛弱地看著我。

我去菜市場買了許多菜，做了滿滿一桌的食物，每一樣都沒有放調味料。

可是沒有用，不放調味料，我嘗不出任何味道。

九夜拍拍我，說：「人類喪失原始的味覺功能，並非一朝一夕導致，現在再怎麼努力，也已經來不及了。」

道理我明白，可是仍然感覺心裡很難過。

三天後，甘還是消失了。

在甘消失的那個清晨，我看到其他六個彩色小人都飛了過來，圍在窗戶邊。

七味妖，變成了六味妖。

九夜說，就像人有生死輪迴，妖怪也會有興衰交替。

不斷地有古老的妖怪消失，也會不斷地有新的妖怪誕生。

只有這樣，這個世界才能保持平衡。

第四章

走馬燈

自從甘消失之後，我做菜便開始有意識地減少放調味料，盡量吃得清淡，希望有朝一日，可以再次品嘗出食材原本的鮮美。

九夜沒說什麼，但是阿寶一直在抗議。

有時候被這小傢伙吵得煩了，我就帶他去鄭伯的小吃店吃上一頓。

阿寶很喜歡鄭伯做的煎餃和桂花糕，我也非常喜歡。

這天晚上，大概十一點多，我和九夜還有阿寶，一起在鄭伯的小飯館裡吃消夜。

阿寶一邊吃，一邊和影妖玩。

我突然心血來潮，纏著九夜講故事。

已經很久沒有聽他講故事了，感覺很懷念。

九夜被我纏得沒辦法，給我講了一個「菌人」的故事。

顧名思義，菌人，就是一種蕈菇大小的迷你小人，生活在南方的海邊，頭腦聰明四肢靈巧，甚至能獵殺比自己大許多倍的猛獸。

關於菌人的歷史，在《山海經》和《爾雅》中都有記載。

九夜一邊喝茶，一邊說著，我坐在旁邊聽得津津有味。

可是故事聽到一半，突然從背後冒出來一聲極為粗魯的大喊——

「老闆！再來一瓶啤酒！」

一名大約三十出頭的男子，一個人趴在桌上喝得酩酊大醉。

鄭伯從廚房走出來，搖著頭勸道：「這位客人，別再喝了，你已經醉了。」

「誰說我醉了！我、我才沒醉！」男子打了個酒嗝，瞪著一雙布滿血絲的紅眼，粗著嗓門嚷道，「再給我來一瓶酒！快點！」

鄭伯嘆了口氣，只能又拿來一瓶啤酒。

那個醉漢連杯子都沒有碰，直接抓起酒瓶就對嘴猛灌起來。

一瓶酒還沒有喝完，他便又醉醺醺地趴下了，也不知道是在說胡話還是做夢，嘴裡斷斷續續地呢喃著：「小曼，小曼……為什麼要這樣對我，小曼……」

呵，看來是個情場失意之人，來借酒買醉。

過了大約半個鐘頭，其他客人都陸續走光了，只剩下我和九夜這一桌，還有那個醉漢。鄭伯在廚房裡做桂花糕，我打算打包幾盒帶回去。

菌人的故事也講完了，我一邊喝著香茶一邊在回味，不經意間，卻看到九夜一言不發地望著門外。

不知何時，外面居然起了大霧。

濃濃的霧氣瀰漫在夜色裡，本就昏暗的街道變得更加模糊了。

「咦，剛才還好好的，怎麼突然就起霧了？」

我隨口說了句，並沒有太在意，正要起身加茶水，忽然聽到外面響起了一陣像是金屬碰撞的聲音，不斷地迴盪在寂靜的午夜裡。

匡啷……匡啷……匡啷……

彷彿有一條長長的鐵鍊在地上拖行。

我回過頭，疑惑地看向門外。

匡啷，匡啷，匡啷，匡啷……

那聲音越來越近。

門外出現一個身影，從夜霧中慢慢走來，跨進小吃店。

那是一個約莫六十多歲的老伯，也有可能實際年齡更加年輕一點，因為他的樣子十分憔悴，面色蠟黃，頭髮稀疏，眼窩深深凹陷，一副長期營養不良的樣子，再加上穿著非常落魄，褲子膝蓋破了洞，衣服領口全部脫線，破舊的鞋子上滿是泥濘，走起路來一瘸一拐。

說句不好聽的，這個人看起來，有點像橋底下撿破爛的流浪漢。

老伯一進店內，便徑直走到那個醉漢身旁坐下來。

醉漢仍舊趴在桌上，手裡抓著酒瓶，似乎沒感覺到身邊坐了人。

老伯一直看著醉漢，沒有叫任何吃的，沉默了片刻之後，緩緩開口道：「阿威啊，振作一點，好好地活下去，不要總是這樣喝酒。」

話音落下，醉漢沒有反應，也不知道有沒有聽見。

老伯長長地嘆了口氣，似乎非常感慨的樣子，又說了句：「小曼並沒有騙你。」

聽到「小曼」兩個字，醉漢好像觸電般地突然睜開了眼睛，恍恍惚惚地抬起頭。

老伯看著他，搖頭嘆道：「你啊，為什麼就不能相信小曼呢？她沒有外遇，那個男人真的只是中學同學而已。那天他們剛好在同一個地方躲雨，卻被你那狐朋狗友撞見，添油加醋說成是約會，你為此大發雷霆，甚至還動手打了小曼——」

「你、你以為我願意打她嗎！」

醉漢情緒激動了起來，滿嘴噴著酒氣，醉醺醺地說道：「只要、只要一想到她和別的男人親近，我就就覺得胸口有把火在燒……其實我知道……我知道她一直嫌我窮……她看不起我……她根本就不愛我……」

說著說著，醉漢悲從中來，抽著鼻子嗚咽了起來。

老伯神情哀傷地看著他，說：「阿威，你錯了，小曼很愛你，她不是嫌你窮，是嫌你沒有上進心，整天遊手好閒，從來不肯好好去工作。你再這樣頹廢下去，沒有公司會要你，以後就只能在橋底下撿破爛了。」

老伯頓了頓，又道：「還有，少喝點酒，喝酒傷身。你現在還體會不到，但是以後會胃疼得整晚睡不著覺，還有嚴重的風濕，導致腳部變形，卻又沒錢去看病，那日子，簡直生不如死，唉。」

說著，老伯忍不住又是一聲嘆息。

我一邊喝茶，一邊疑惑地看著他們。雖然年齡相差很多，但是醉漢和那老伯在容貌上竟有幾分相似，尤其是眼角右邊的那顆黑痣，兩個人都長在同一個位置上。

「那位老伯，難道是他的父親嗎？」我壓低了嗓音，悄聲問九夜。

九夜笑了笑，搖搖頭，抬起下巴指向門外，道：「你看看那裡。」

我順著他指的方向，好奇地轉頭往外瞧。

門外瀰漫著一片濃濃的白霧，什麼都看不清。

愣了兩秒，我突然明白了，趕緊從口袋裡拿出影晶石眼鏡戴上。

繚繞的夜霧之中，有一個高大的黑色身影一動不動地站在門外，由於霧氣遮擋，我看不清楚對方的容貌，只看到他手裡提著一盞燈。

那盞燈的樣式非常古老，外面是木質結構的方框，框內圈著一層薄紙，薄紙中間豎著一根圓柱形輪軸，輪軸下方燃著一支血紅的蠟燭。

蠟燭明亮的火光將輪軸上的圖案投影到薄紙上，而熱氣的流動使得薄紙圈在木框裡慢慢旋轉起來，一邊轉一邊變幻著各種圖案。

「咦，那不是走馬燈嗎？」

我驚訝地轉頭看向九夜。

九夜微微一笑，豎起食指放在唇邊，示意我不要出聲。

我將後半句話咽了回去，又仔細看了看那盞走馬燈，發現燈上的動畫連起來彷彿是一場無聲的黑白小電影。

而電影中的主角，居然和那個醉漢長得一模一樣！

先是從懵懂的孩提時代到青春少年，又從少年成長到意氣風發的青年，再從青年到發福頹廢的中年，隨著時光流逝，面部容貌也在漸漸變換，最後步入到腰背佝僂、步履蹣跚的老年。

而那個畫上的老年人，又和此刻坐在醉漢旁邊的老伯長得一模一樣！

我吃了一驚，不可思議地瞪大眼睛，呆呆地看著走馬燈上旋轉的動畫，又轉頭看了看店裡的醉漢和老伯，心頭湧上無數個問號，可是按捺著一句話也沒有說。

過了一會兒，老伯回過頭，帶著戀戀不捨的表情看了看門外。

走馬燈下的那支紅燭，已經燃燒得所剩無幾。

「時間到了，我該走了，你好自為之吧。」

老伯嘆息了一聲。

可是醉漢並沒有聽到，因為他已經喝光了一瓶酒，又趴下了。

老伯無奈地搖搖頭，站起身。

我這才注意到他的腰間拴著一根鐵鍊。而長長鐵鍊的另一頭，被門外的提燈人握在手裡。

匡啷，匡啷，匡啷……

隨著一陣金屬碰撞聲響起，老伯蹣跚地踏出飯館，跟著提燈人慢慢走遠了。

跳動的燭火漸漸消逝在昏暗的夜色裡。

當我回過神來，門外的迷霧已經散去，路燈下露出一條幽靜的街道。

「小默，阿夜，桂花糕做好了，你們是現在吃，還是打包帶回去？」

鄭伯從廚房裡走出來，端著一盤熱氣騰騰的糕點。

我一愣，趕緊道：「打包帶回去。」

「好，我替你們裝盒子裡吧。」

鄭伯笑呵呵地說著。

「老闆，結帳！」

醉漢抬起頭，突然吆喝了一聲。

我回眸看他，他仍是一副神志不清的樣子，渾身酒氣，醉眼迷離，迷迷糊糊地打著哈欠，從口袋裡摸出幾張皺巴巴的紙幣放到桌上，然後搖搖晃晃地走了，好像完全不記得之前發生的事情。

回家的路上，九夜告訴我，人在臨死之前，也就是彌留之際，會有提燈人帶你回顧人生，而走馬燈上的小電影，便是那個人的一輩子。

「所以，那個老伯，是從未來來的嗎？」我問。

九夜點點頭，道：「只要拿著走馬燈，便可以在時光裡行走。」

「咦，聽起來好像不錯耶！」

我靈光一閃，道：「那豈不是可以回到過去，告訴自己彩券的中獎號碼？」

九夜被我逗笑了，說：「走馬燈上的人生，是無法改變的。」

這句話，當時的我並沒有在意。

可是後來發生了一件事，讓我真正體會到了這句話的可怕之處。

這件事，要從我目前的工作說起。

不知不覺，我在文學網站擔任專欄作者已經快有一年了。

有時候會有讀者寫信給我，想要找我聊天，又或者會向我訴說心事。

其中，就有一個叫「秋葉」的女高中生。

她告訴我，不知道為什麼，她的母親突然間瘋了，整天把自己關在屋子裡，不願意出門，還一直胡言亂語，像中邪了一樣，怎麼勸都勸不聽。

秋葉不斷地向我求助，希望我可以幫幫她。

我不是醫生，更不是什麼「大仙」，唯一的辦法只有帶上九夜去看看。

見面地點直接定在了秋葉的家裡，因為她的母親不肯踏出家門半步。

秋葉是單親家庭，沒有父親，只有母女二人相依為命。

「黑犬大大，沒想到你真的來了，真是……真是太感謝了。」

女孩激動地看著我。

我被她說得不好意思，尷尬地撓撓頭，道：「叫我沈默就可以了。」

是的，沒錯，我的筆名叫「黑犬」，就是將「默」字拆開來。

九夜故意戲弄我，湊到耳邊輕輕叫了一聲：「黑犬大大。」

我回眸瞪了他一眼。

九夜彎起唇角，輕笑了起來。

「咳咳！」我清了清嗓子，介紹道，「這位是我朋友，九夜。」

「啊啊啊！就是你經常在故事中提到的那個神祕朋友，阿夜？」

秋葉激動得語調都變了，兩眼放光地看著九夜。

九夜微微一笑，笑得溫柔又迷人，說了句「妳好」。

我看到秋葉臉紅了。

嘖，九夜這傢伙，要是以後我有女朋友，絕對不能介紹給他認識。

「秋葉，這又是妳給我找來的心理醫生嗎？」

這時，背後突然響起一個聲音。

我回過頭，看到了秋葉的母親。

那是一名四十出頭的中年婦女，雖然在家裡，但並沒有衣著隨便，仍舊穿著一身套裝，手裡拿著一分文件，化過淡妝的臉上帶著一種威嚴。

這和我預想中的差別很大，秋葉的母親，看起來並不像是發瘋的樣子。

「這孩子，是不是跟你們說我瘋了？」

女人看看秋葉，又看看我。

我趕緊道：「您誤會了，我們不是醫生。」

「那你們是誰？」

女人皺了皺眉，道：「未經允許私闖民宅是犯法的，嚴重的話可以判刑。」

秋葉上前道：「媽，妳別這樣，是我請他們來的。」

「請問妳是律師？」九夜突然問了句。

女人一愣，九夜笑著指了指領口。

我這才注意到，在她衣服的領口上別著一枚律師徽章。

「律師的工作，應該很忙吧？」九夜又道，「在家裡都穿著套裝，想必是因為要通過視訊和客戶見面，對嗎？」

秋葉的母親又是一愣，皺眉打量九夜。

「既然這麼放不下工作，為什麼不去事務所上班呢？」

九夜微笑著，語氣溫和地問：「聽妳女兒說，妳不願意出家門？」

女人突然不說話了，轉過頭，露出一臉強勢又固執的表情。

九夜也沒有追問，只是沉默地看著她，淡然而優雅的笑容裡帶著一種神奇的治癒力量，彷彿能夠觸及對方心底最柔軟的部分，讓人慢慢放下戒備。

過了許久，秋葉的母親嘆了口氣，道：「不是不願意，而是不能。」

「哦，不能出門？為什麼？」

「因為……」

女人抬起頭，猶豫了一下，回答說：「因為我會死。」

話音落下，秋葉在一旁無奈地說了句：「她又開始胡言亂語了。」

「我沒有胡言亂語！也沒有瘋！」

女人轉頭看著秋葉，憤恨地質問道：「我是妳媽，妳為什麼就不能相信我說的話？為什麼妳和所有人一樣，都覺得我瘋了？」

「妳說什麼看到了妳自己！還說一旦出門必定會被車撞死，所以絕對不能踏出家門半步！說出這種瘋子一樣的話，妳讓我怎麼相信妳？」

秋葉提高了嗓音，氣呼呼地回瞪母親。

女人也往前跨了一步，道：「我沒有瘋！妳要我說幾遍！」

「妳沒有發瘋那為什麼不去上班？」

「我每天都有在家裡工作！」

「妳覺得妳可以在家裡躲一輩子嗎！」

「難道妳想看著我死嗎？我死了誰來養妳！」

眼看母女二人越吵越凶，我趕緊打圓場道：「呃，到底發生什麼事情了？」

秋葉賭氣道：「你自己去問她！」

女人沉默了一下，說：「這件事，我知道就算我說了，你們也不會相信，可我真的……我真的看到了我自己！」

「哦？是在什麼情況下看到的？」九夜問。

女人嘆了口氣，放下手裡的文件，在沙發上坐了下來，緩緩道：「那天我見完一個客戶，大概晚上八點多回家。我抄了條近道，走進了一條僻靜的小巷子裡。這條巷子平時我也常走，可是不知道為什麼，那天走著走著，就突然間起了大霧。四周圍一片白茫茫，路燈變得非常昏暗，我什麼都看不清，只能停了下來。

「就在我停下腳步的瞬間，背後響起了一陣『匡啷匡啷』的金屬聲，有個披頭散髮的瘋女人出現在白霧裡。她的腰間拴著一條鐵鍊，滿臉是血，拚命地向我跑過來，一邊跑，一邊不停地滴落下鮮血。我被她的樣子嚇到了，本能地想要轉身逃，可是雙腿抖得厲害，怎麼都邁不開步子，只能眼睜睜地看著那個瘋女人撲過來，一把抓住我的肩膀，幾乎是歇斯底里地大吼，不斷地對我重複著一句話……」

「哦？她說什麼？」我好奇地追問。

女人銳利的目光變得有些迷離，彷彿是在回憶，說：「她不斷搖著我的肩膀，對我大聲吼：當心車！當心車！妳會被車撞死！千萬要當心車！」

我愣了一下，看了看九夜。

九夜沒有出聲。

女人繼續說道：「當時我嚇壞了，大腦一片空白，只能呆呆地看著她，可是看著看著，我便發現……發現那個瘋女人好像……好像是我自己！沒錯，那個人真的是我自己……我看到自己的額頭破了一個大洞，濃稠的鮮血不斷流淌下來，淌得滿臉都是……」

「那後來呢？」我問。

「後來，那個瘋女人很快就跑開了。」

女人閉起眼睛，回憶道：「她好像被什麼東西追趕著，神情驚恐不安。當時的霧太濃，我看不清周遭，不過確實有感覺到，霧裡還有其他東西存在。

「大概隔了幾秒鐘，我聽到遙遠的前方響起了一聲慘叫，應該……應該是那個瘋女人發出來的……過了沒多久，周圍的白霧漸漸散開了，巷子又恢復成往常的樣子，而那個瘋女人，就這樣消失不見了。」

一番話徐徐落下，我和九夜都沒有出聲。

女人苦笑說：「很可笑，對嗎？你們一定也認為是我在做夢，又或者是工作壓力太大出現了幻覺。呵，每個人都這麼覺得。」

「那妳自己呢？妳覺得那是幻覺嗎？」我看著她。

「不，絕對不是幻覺。」

女人搖搖頭，很肯定地說：「我至今仍然很清晰地記得那張血流滿面的臉孔。」

九夜道：「所以，妳相信了那個瘋女人的話，認為自己會出車禍，被車撞死，所以才會堅決不肯踏出家門半步，對嗎？」

女人笑了笑，說：「那個人不是別人，是我自己，所以我才會相信。冥冥之中我有一種感覺，那個瘋女人是特意跑來警告我的，寧可信其有，不可信其無。畢竟，我還想要好好地活下去，我不想這麼快就離開這個世界。」

說著，女人看了看秋葉，神情裡帶著不捨。

秋葉咬著嘴唇，倔強地別過臉，沒有說話。

從秋葉家離開的時候，我問：「難道，是走馬燈嗎？」

「對，是走馬燈。」九夜點了點頭，又說，「可是，她犯了最嚴重的一項禁忌，企圖改變自己的人生軌跡，恐怕死後會受到嚴厲的懲罰。」

我聽了心情有點複雜，沉默著沒有出聲。

不知道秋葉的母親究竟會在家裡躲到幾時？

難道為了躲避車禍，真的就這樣一輩子不出家門嗎？

我問九夜有沒有什麼辦法可以化解這個劫數，九夜看看我，仍然又說了那句話：「走馬燈上的人生，是無法改變的，除非……」

「除非什麼？」我趕緊追問。

九夜沉默了一下，道：「除非，付出相應的代價。」

接下來的一段時間，秋葉沒有再和我聯絡。

而我也忙於趕稿，便疏忽了這件事情。

直到一個月後，有一天，大概是晚上九點多，我突然接到了秋葉的電話。

女孩在電話那頭泣不成聲，斷斷續續地說了一句話——

「媽媽……媽媽被……被車……撞了……」

我吃了一驚，趕緊問怎麼回事，可是秋葉哭得什麼話都說不出來了。

一個多小時後，我在一家大型綜合醫院的走廊裡見到了秋葉。

而她的母親，最終還是沒能救回來。

秋葉孤零零的一個人，蜷著膝蓋，瑟縮在長椅上微微顫抖著。

我脫下外套蓋在她肩膀上，問：「秋葉，妳沒事吧？」

女孩沒有回答，只是緊緊抱著膝蓋，躲在我的外套裡。

「妳媽媽最後……還是出門了？」

秋葉搖搖頭，說：「沒有，媽媽一直在家裡。」

「可是妳在電話說……」

我不解地皺眉。

秋葉情緒稍微穩定了下來，抬起頭，目光悲傷地看著我。

她的聲音很輕，幾乎是在呢喃地說道：「媽媽一直在家裡工作，雖然不能出庭，但是可以提供相關的法律諮詢……今天下午，有一個遭遇家暴的女人帶著孩子來尋求援助。那個男孩大概四五歲，手裡捧著玩具車，臨走的時候把玩具車遺忘在沙發邊的角落裡，當時誰也沒有留意到……

「晚上的時候媽媽洗完澡從浴室出來，走路不小心踩到了浴袍的裙襬，絆了一下，摔倒在沙發邊，剛好……剛好額頭撞到了那輛金屬玩具車，當場血湧不止……我嚇壞了，趕緊叫了救護車……可是……可是仍然晚了一步……」

話音落下，秋葉的眼睛裡再次湧出了淚水。

我聽得呆住了。秋葉的母親千算萬算，無論怎麼小心翼翼，也絕對不會料到，自己居然會喪命於這樣一場「車禍」。

我不禁想起了九夜的那句話——走馬燈上的人生，是無法改變的。

如今，我真切感受到了這句話的分量。

「媽媽是對的……為什麼我沒有相信她的話……為什麼……」

秋葉顫動著肩膀，失聲痛哭了起來。

我不知道該怎麼安慰她，只能坐在旁邊，默默地陪伴。

過了兩個多小時，終於有一個男人風塵僕僕地趕來。男人是秋葉的父親，而秋葉一直低著頭，始終沒有說話。

午夜十二點多，我站在醫院門口，目送著父女二人離開。

九夜打來電話，問要不要來接我。

我不禁失笑，說，我又不是孩子。

掛了電話，我轉過身，一個人往家的方向走去。

已經很久沒有在這種時間獨自走夜路了。

我雙手插著口袋，一邊走，一邊感受著深夜的寂靜與神祕。

清冷的微風從遠處徐徐吹來，道路兩邊茂密的枝葉在斑駁光影之中輕輕搖曳。我抬起頭，夜空裡星輝月朗，沒有一絲雲層。

明天，應該會是個陽光明媚的日子吧。

真的希望，秋葉能夠盡快從打擊中恢復過來。

我輕嘆了口氣，低下頭，腳步越走越快，可是走著走著，不知道是不是錯覺，周圍好像……好像漸漸起了迷霧？

白茫茫的霧氣越來越濃，也不曉得究竟是從哪裡冒出來的，突然間就這樣瀰漫開來，將漆黑的夜色染成了一片模糊的灰白。

我不得不停下腳步，在迷濛的白霧之中揉了揉眼睛，努力辨別前方的道路。

就在這時，背後驀地響起了一陣金屬撞擊聲——

匡啷……匡啷……匡啷……

我吃了一驚。

這個聲音很耳熟，是鐵鍊在地面拖行的摩擦聲。

匡啷，匡啷，匡啷……

聲音越來越近，越來越近。

迷霧之中，漸漸出現了一個身影。

那身影掩藏在茫茫霧氣之中，朦朦朧朧地看不真切，卻非常眼熟。因為，那個人不是別人，好像……好像是我自己？

我愣愣地站在原地，看著那個人自迷霧之中向我走來。

夜風中飄來一陣濃重的血腥味，那個人的衣服上滿是鮮血，遍體鱗傷，幾乎無法站穩，一步一個踉蹌地，慢慢走了過來……

發、發生什麼事了？

為什麼我會傷成這樣？為什麼我會渾身鮮血淋漓？

這個人……真的、真的是我嗎？

強烈的恐懼感襲上心頭，我止不住地顫慄起來，想要看清氤氳在霧氣中的那副面孔，可是，還沒來得及往前踏出一步，就被一隻手遮住了眼睛。

「小默，不要看。」

耳邊冷不防地響起了九夜的聲音。

不知何時，他竟已經站在了我的背後。

我吃了一驚，掙扎著想推開他的手，卻被牢牢捂住雙眼。

「放開我！」

「小默，聽話，不要去看。」

「那、那個人是……是我嗎？」

我感覺到自己的聲音也在發抖，膝蓋軟得站不住。

九夜一手扶住我的腰，用身體在背後支撐著我。

「阿夜，回答我……那個人是我，對不對？」

「不，你看錯了。」

「不要騙我……我是不是……是不是快要……死了？」

「小默，不要胡思亂想，我們回家吧。」

九夜仍然捂著我的眼睛，強硬地拉著我，帶我轉過身向前走去。

一邊走，他一邊在我耳邊吹了口氣，輕聲說——

「小默，忘掉你剛才看到的。」

話音落下，我突然感覺到一陣暈眩，身體一軟，整個人倒了下去。

第五章
年與夕

我好像做了一個很可怕的噩夢。

夢到自己鮮血淋漓。

可是一覺醒來，又什麼都記不清了。

窗外的陽光明媚，清風拂面，帶著微醺的暖意。

今天天氣真好，好到讓人的心情也跟著燦爛起來。

我伸了個大大的懶腰，打了個哈欠，起床下樓。

客廳裡很熱鬧，阿寶正在追著影妖嬉戲，一人一球到處亂竄，一會兒跳上吊燈盪鞦韆，一會兒坐著樓梯扶手滑下，再一眨眼，又溜到院子裡去了。

九夜穿著一襲墨色絲質長衫，長衫上繡著一條栩栩如生的紅龍，龍頭攀在左肩，雙目圓瞠，獠牙微齜，一副威風凜凜的模樣，可是一看到我走過來，竟彷彿害羞似地，趕緊藏起那一雙雪白的獠牙，調轉龍頭，挪動起身體，慢慢從左肩遊到背後去躲了起來。

咦，居然是條會害羞的龍？

我眨了眨眼睛，笑著說：「你這件衣服真特別。」

「是從一個集市的小攤販那裡買來的，大約一百多年前吧，七兩銀子。所以，我給這條紅龍取名叫『七兩』。」九夜一邊回答，一邊慢條斯理地沏著香茶，修長的身影沐浴在金色陽光之中，他說，「你喜歡的話，可以送給你，七兩很好養，只要多曬曬太陽就可以長大。」

「呃，不、不用了，我怕被它吃掉……」

我趕緊擺擺手。

九夜笑了起來，形狀好看的唇角優雅地彎起，說：「小默，昨晚睡得還好嗎？」

「嗯。」我點點頭，「一覺睡到天亮。」

「那就好。」

九夜笑得溫潤又和善，似乎別有深意地看了我一眼。

「對了，下禮拜就要過年了，大年夜跟我一起回家吃年夜飯吧？」

我一邊喝了口茶，一邊問。

還沒等九夜回答，阿寶已經從院子裡飛奔過來，一頭撲進我懷裡，嘟囔道：

「我也要去小默默家裡吃年夜飯！我也要去！」

「好好好，帶你去帶你去。」我笑著把小傢伙抱了起來。

於是，除夕當天，我帶著九夜和阿寶，當然，還有影妖，一起回了家。

我對爸媽介紹說，九夜是我朋友，也是目前我住的地方的房東，而阿寶，是九夜遠房親戚的孩子，暫時寄養在他家裡。

大概是第一次來我家，阿寶表現得非常乖巧，也很懂禮貌，十分討我媽歡心。

而九夜一直坐在沙發上跟我爸聊天，偶爾從旁邊經過的時候，我聽到他們在聊茶葉的品種和口味、聊戰國歷史、聊天文地理……

聊得我爸心情大好，甚至還拿出了珍藏多年的極品大紅袍來泡茶。

等他們聊完，老爸語重心長地對我說：「小默啊，你要多跟著阿夜學習學習，人家才大你幾歲，知識卻比你淵博太多了，真是個知書達禮的好孩子。」

說完，他深深嘆了口氣，露出一臉「教子無方」的痛惜表情。

我滿臉黑線地看向九夜。

九夜微微一笑，無辜地眨了眨眼睛。

吃晚飯時，我爸媽一直在不停地給這傢伙夾菜，把好魚好肉都送進了他碗裡，還叮囑他多吃一點，搞得我很想大聲抗議：到底誰才是你們的親生兒子？

九夜看到我一臉落寞的樣子，忍不住輕聲笑了起來，然後默默把自己眼前堆成小山一樣的美味菜餚夾進我碗裡，我這才感覺心理平衡了一點。

吃完年夜飯，臨走前，我媽又塞了滿滿一堆年貨給我們帶回去。

看著手裡的大包小包，我真是哭笑不得。

阿寶已經睏得快睡著了，迷迷糊糊地趴在我肩膀上，影妖在後面一蹦一跳地跟著。我和九夜就這樣一邊聊著天，一邊往回走，路過鄭伯的小吃店，沒想到大年三十居然還開著，於是我分了些年貨給鄭伯，鄭伯又去煮了紅糖年糕送給我們。

回到別墅時，將近午夜時分。

皎潔的月光下，我遠遠地看到家門口站著一個人。

那是個一身黑衣的少年，頭上戴著寬大的斗笠，在別墅門前的空地上來來回回踱步，像是等待已久的樣子。看到我和九夜，他立刻快步走了過來，低下頭，向九夜恭恭敬敬地鞠了一躬。

我被他突如其來的舉動嚇了一跳，九夜卻是波瀾不驚，習以為常似地淡淡一笑，問：「突然來找我，怎麼了？」

黑衣少年抬起頭，銀亮的月輝之下露出來一張眉清目秀的臉龐。

他神情焦慮地說了句：「我弟弟不見了。」

「哦？夕不見了？」

九夜一邊說，一邊走進家門。

我把阿寶抱到了樓上的臥室裡放下，等我再下樓的時候，那名黑衣少年已經摘下了斗笠，額頭上露出來一枚尖尖的犄角。

我愣了一下，驚奇地看著他。

九夜笑了笑，拍拍我，說：「他是年獸。」

「年獸？就是那個傳說中每到年末就會出來禍害人間的凶獸？」

聽到「凶獸」兩個字，少年回頭看了我一眼。

我趕緊擺擺手，說：「對不起對不起，我沒有惡意。」

九夜解釋道：「過年也好，除夕也好，你聽到的那些，都是以訛傳訛的傳說故事罷了，事實並非如此。」

說到這裡，他看了看默不作聲的黑衣少年，又道：「年和夕，其實是兩兄弟。他們曾經是因為饑荒而餓死在路邊的人類孩子，死後化身為瑞獸，守護著人世間的田地莊稼，嚇退那些專門偷吃農作物的小鬼，使得每年糧食豐收，不會再有無辜的孩子白白餓死。由於原本是人類之軀，守護田地需要消耗極大的能量，能量耗盡後必須進行長時間的休息才能復原，他們兄弟倆約定，一年隔一年，輪流守護人世。」

「輪流？那豈不是一年只能見到一次？」我問。

九夜還沒回答，就聽到黑衣少年開了口。

他說：「對，沒錯，我和夕一年只能見一次。我們約定，在每年最後一天的午夜時分見面交接。我和他都很珍惜見面的時間，通常會提早赴約，可是現在已經快要過了時辰了，夕還沒有來。」

我回頭看了看掛鐘。

現在是深夜十一點三十分，還有半個小時，即將迎來新的一年。

如果今年是年獸「當班」，那麼明年就是輪到夕獸。

夕獸卻遲遲沒有赴約。

「這是從來沒發生過的事情，我弟弟每次都會提早兩三個時辰來見我。」

少年抬起頭看向九夜，憂心忡忡地說：「我感覺，夕好像出事了。」

九夜道：「你先不要急，我來問問看他在哪裡。」

「拜託了。」

少年說著，又是深深一個鞠躬。

我無從插嘴，也幫不上忙，只能默默地在旁邊看著。

九夜走了出去，站在家門前那片草地上。

朦朧的月光灑落，將他的身形在地上拉出一道斜斜的暗影。

我和少年站在一旁都沒有出聲，安靜地注視著他。

只見九夜佇立在夜色中，微微仰起頭，閉上了雙眼。

漸漸地，好像起風了。

風越來越大，從遙遠的黑暗夜空裡吹拂過來，呼嘯著掠過草坪，慢慢形成了一個個小小的漩渦，圍繞在九夜的四周打轉。

我驚訝地看著這一幕奇特景象，呆了幾秒之後才趕緊拿出影晶石眼鏡，再一看，無數個小漩渦裡有一條條細小的銀色光流，好像會發光的水中游魚，隨著旋風的轉動不停地游過來游過去。

九夜睜開眼睛，抬起手，立刻有許多小魚游了過去，纏繞在手指間。

「那……是什麼東西？」我忍不住問。

少年看了看我，說了兩個字：「風妖。」

風妖？是住在風裡的妖怪？

無數條細小的光流在九夜掌間漸漸匯聚成一條流光溢彩的銀色光帶，光帶中探出一張淺藍色半透明的臉孔。

那張臉孔長得非常漂亮，分不出是男是女。

「風妖，好久不見。」九夜看著它，問，「你知道夕獸在哪裡嗎？」

風妖張開嘴巴動了動，好像在說話，可是風聲太大，我什麼都聽不清。

過了一會兒，風聲漸漸止歇，那張半透明的臉孔再次隱入光流之中。光流四散開來，隨著呼嘯而過的冷風消逝在了茫茫夜色裡。

「怎麼樣？有問到嗎？」

黑衣少年急著往前踏出一步。

九夜點了點頭。

「我弟弟在哪裡？」少年又問。

九夜說了兩個字：「昆侖。」

昆侖，亦被稱為「天柱」。

據說盤古開天闢地之初，天與地是相連接的，而中間這根連接的天柱，就叫做「昆侖」。

昆侖不僅僅是一根柱子，實際上是一個巨大的空間，裡面曾經住著天神妖獸萬物。可是後來，水神共工與火神祝融大戰，共工戰而不勝，一怒之下撞斷了天柱，瞬間天崩地裂洪水倒灌，地面變成了一片汪洋大海，天空從此與大地分離，整個昆侖也分崩離析，斷裂成無數碎片，散落在地面各處。

「照你這樣說，昆侖曾經是一個完整的空間，碎裂之後掉落在人間各個地方……」我一邊聽著九夜的解釋，一邊思忖道，「所以，說白了，『昆侖』其實就是個類似平行空間的地方？」

九夜點點頭，說：「你也可以這樣理解，這是現代人類的說法。」

「為什麼夕會在昆侖？」

作為哥哥的年焦急萬分。

九夜道：「風妖告訴我，夕獸是被人捉走的。」

「被誰？」我和年異口同聲地追問。

九夜看了看我，道：「白瑞澤。」

「白瑞澤？」我吃了一驚。

年皺眉道：「白瑞澤是誰？」

九夜沉默了一下，說：「那是白澤在人間的化名。」

「你說什麼，白澤？」聽到這兩個字，我瞬間瞪大了眼睛，愕然道，「就是……就是那個神話傳說中的上古妖獸，白澤？」

「沒錯。」九夜回道。

我瞠目結舌地張著嘴巴，吃驚到無以復加。

白瑞澤居然是……白澤？真是萬萬沒有想到，那個男人，居然也是一隻妖怪？

而且，非但是妖怪，還是一隻……超級大妖怪！

年問：「我與他無冤無仇，白澤為什麼要抓走我弟弟？」

「恐怕，是因為對人類的仇恨。」

九夜沉默了幾秒，道：「白澤曾經遭人類欺騙，被斬斷了一雙獸角，對人類懷恨至今。而抓走夕獸，我猜，恐怕是為了報復人類。失去夕獸的守護，新的一年，人世間將會陷入饑荒。」

「我才不管他過去發生過什麼，總之，我現在就去把夕找回來！」

年一邊說著，一邊戴上斗笠。

「等一下。」

九夜叫住他，說：「以你的能力，無法與白澤抗衡。」

「我弟弟在他手裡！就算打不贏，我也一定要去！」

年咬著牙，恨恨地說著。

九夜道：「別急，我和你一起去。」

「我也去！」我立刻上前一步。

九夜看看我，道：「小默，你留在家裡。」

「不要！我跟你們一起去！」

我一把拉住了九夜的衣服，露出堅定的神情。

九夜仍然搖了搖頭，說：「小默，昆侖不是普通人類可以去的地方，那裡的時間流速和人世間不同，普通人類一旦踏足，將會折壽。」

「就算折壽我也要去！」

「小默，你難道忘了之前住著六耳女妖的那幅畫？」

我愣了一下，道：「就是放在你書房裡的那幅畫，對吧？」

九夜嚴肅地看著我，說，「畫中的那片桃花林，其實是崑崙的碎片，你還記得那個男生誤入崑崙短短四天之後出來的樣子嗎？」

我一下子呆住了。是的，我沒有忘記，短短四天，折壽四十年，那個男生從畫中出來的樣子，我大概一輩子都會記得。

沉默了半晌，我喃喃地說：「可是……可是我不希望你一個人去面對白瑞澤……」

我緊緊抓著九夜的衣服，依舊不願放手。

九夜溫柔地笑了笑，安慰道：「放心，不會有事的。」

頓了頓，又道：「對了，今天是大年三十，我想吃你做的紅豆年糕羹，你在家裡煮好，等我回來一起吃，好嗎？」

「我……」

我突然間說不出話來。

我心裡很明白，撇開其他因素不說，就算我跟著一起去，也幫不上任何忙，非但幫不上忙，也許還會拖後腿，可是……可是……

我咬著嘴唇，掙扎了很久，最終，還是慢慢鬆開了手。

「阿夜，答應我一定要回來。」

「嗯，放心。」

「不管發生什麼事，都一定……一定要回來……」

「嗯，我保證。」

九夜笑著摸了摸我的頭髮，注視著我的目光裡散發一種能讓人安下心來的堅定力量。雖然很不甘心，可是沒有別的辦法，我只能就這樣眼睜睜地看著九夜和年獸走出家門，看著他們漸行漸遠，直至背影消失在夜色盡頭。

第六章

不速之客

時間一分一秒過去。

九夜離開後，我一直處於坐立不安的焦躁狀態。

一想到之前在懸崖邊發生過的一幕幕，就擔心得不得了。為了使自己冷靜下來，我走去廚房，開始著手做紅豆年糕羹。

還沒等一鍋水煮開，外面就響起了敲門聲。

連續敲了三下，聲音不大，但在寂靜的午夜時分顯得格外突兀。

我擦乾手走到客廳，看了看掛鐘。

接近零點了。

真是奇怪，有誰會在這個時間登門造訪？

我疑惑地打開門，看到門外站著一個陌生的年輕男人，男人穿著一身純白色復古布衫，高高的領口整齊地繫著盤扣，略長的黑髮在腦後紮成一束，右側肩膀上站著一隻……呃，這是……

一隻烏鴉？

我驚奇地眨了眨眼睛。

我沒有看錯，那確實是一隻烏鴉，只是體型異常碩大，比普通烏鴉大上兩三倍，並且尖喙鋒利，通體毛色烏黑發亮，一雙圓瞪的血紅色眸子筆直地盯著我，微微泛著冷光。

我愕然地看著這隻目光不太友善的大烏鴉，又看了看那個陌生男人，道：「請問你是？」

「我姓白，單名一個石，白石。」

自報家門地說著，男人抬腳踏進屋子。

我尷尬地站在那裡，不知道眼前之人究竟是什麼來頭，也不知道他是不是九夜的朋友，又不方便阻攔，只能看著他如入無人之境地走了進來。

男人淡淡地補充了句——

「哦，對了，你也可以稱我為，白先生。」

什、什麼？白先生？

聽到這個耳熟的稱呼，我頓時愣住了。

所謂的「白先生」，難道不是白瑞澤嗎？

怎麼現在又冒出來一個「白先生」？

莫非……是我想多了？人家只是單純地姓「白」而已？

正當我糾結於這個名字之際，這個叫「白石」的男人繼續說道：「今天，我是來取回一樣寄存於府上的東西。」

「寄存的東西？什麼東西？」

我不明所以地看著他，剛想說「九夜不在家，能不能等他回來再說」，可是白石接下來的一句話，卻令我大吃一驚。

他說：「我來取回一幅畫，一幅桃花林水墨畫，畫中住著妖。」

我整個人傻住了。

白石回過頭來，肩膀上的烏鴉也跟著主人一起回眸，兩雙眼睛一同直勾勾地望過來，看得我情不自禁地往後退了一步，喃喃地問：「那幅畫……是你的？」

「對，本來我送給了一位朋友，未料中途輾轉，如今流落至此。」

白石不經意地往二樓方向看了看，道：「所以今天，我打算來取走。」

這番話聽得我心底一寒。

我記得當時那個「尋找失蹤男友」的女孩子說過，那幅住著六耳女妖的畫，是一個叫「白先生」的朋友送給他們的……

我一直以為，那個「白先生」是白瑞澤，卻沒想到竟然……另有其人？真正的「白先生」，是眼前這個叫做白石的男人？

我被突如其來的事實真相震懾到了，問：「先前，受地產商王泰富之請，在城西建築工地困住趙胤飛將軍靈魂的人，是你嗎？」

「哦，你是說那個暴發戶地產商啊？對，沒錯，是我。」

白石微笑著，道：「我記得當時他開了一個非常好的價格。」

我又問：「那麼，教人與餓鬼簽訂契約，利用讓餓鬼住在自己胃裡的方法來減肥的人，也是你嗎？」

「你是說那個想要身材卻又不願意控制食量的肥婆嗎？」

白石噗嗤一笑，說：「是的，那也是我，助人為樂是一項美德。那個女孩子最後減肥成功，也算達成了自己的心願。」

「可是她最後活活餓死了！你知道嗎！」

看著男人好像事不關己一樣的輕鬆笑容，我突然間冒了怒火，情不自禁地提高了嗓音，道：「還有那個平白無故被奪走了四十年壽命的男生，你有沒有想過他今後的人生該怎麼辦？還有……還有趙胤飛將軍，背負罵名枉死戰場，本來可以進入輪迴，再世為人，卻因你而魂飛魄散！永永遠遠地灰飛煙滅了！你為什麼要這樣做？你到底是什麼人？」

往事歷歷在目，我越說越激動，越說越憤怒。

白石始終無動於衷地看著我，等話音落下，才慢慢地回了句：「哦，對了，忘記自我介紹。」

男人一勾嘴角，笑著說：「我是個捉妖人，以除妖為生。」

捉妖人？聽到這三個字，我不禁背後一涼，隨即感到疑惑。

白石看出了我的疑惑，笑了笑，說：「告訴你也無妨，幹我們這一行的，在圈內有一個不成文的潛規則，那就是，除妖之前，先要養妖。」

「養妖？」我皺眉。

白石「好心」地解釋道：「就是先把小妖養成大妖，大妖養成老妖，再將之除去。捉妖人也有排名和地位高下之分，除掉的妖怪越厲害，自然能贏得更高的地位和排名，而排名越是靠前，收取的報酬就越豐厚。不過，往往會有不自量力的捉妖人，將小妖養大之後沒有足夠的能力去除，反而被妖所害。」

聽完這番解釋，我恍然大悟，道：「所以，你教唆那個女生與餓鬼簽訂契約，是為了把餓鬼養大？」

「對，沒錯。」

白石理所當然道，「那個古代將軍的亡魂，我是想將它逼成惡靈之後再除去；至於那個六耳女妖，也是希望它能夠吸取更多男人的精魄，力量變得更強大，所以才會將那幅畫送人。你要知道，捕捉一隻能力強大的妖怪，需要與其鬥智鬥勇，真的是非常有趣的一件事情。」

說到這裡，白石轉眸掃了屋子一圈，笑著道：「這樣說起來的話，其實，從一踏進這棟房子，我就感覺到了……」

「感、感覺到什麼？」

「這棟房子裡，有妖氣。」

語畢，他突然一個轉身。

我一驚，跟著回頭，發現沙發後面躲著一團瑟瑟發抖的黑色毛球。

「咦，原來這裡藏著隻小妖怪？」

白石微笑著，剛要走過去。

「快跑！」

我大喊一聲，同時一個箭步衝上前擋住白石。

影妖聽到喊聲，趕緊一蹦一跳地鑽出來，逃去了儲物間。

「呵，我還是第一次遇見袒護妖怪的人類，真是可笑。」

白石嘲諷地看著我。

我目光灼灼地瞪著他，咬牙道：「你想要那幅畫，可以，但是除此之外，請你不要做任何多餘的事情。」

白石哼笑一聲，反問：「如果我不答應呢？你又能拿我怎麼樣？」

我握住拳頭，很認真地回答說：「我會跟你拚命。」

「跟我拚命？」

彷彿聽到了天大的笑話，白石忍不住哈哈大笑了起來，道：「為了區區小妖怪，不惜以命相搏？你是瘋了嗎，這樣做對你有什麼好處？」

我搖搖頭，道：「不管是妖怪還是什麼，對我來說，都是很重要的存在。」

「呵呵，很重要的存在？」

白石用看瘋子一樣的眼神看著我，說：「你難道忘記了你是個人類？人類無法與妖怪共存的，遲早有一天，你會為這句話付出慘痛代價，到時候——」

「你說夠了沒有？」

我毫不客氣地打斷他，道，「我現在就去取那幅畫給你，拿到畫之後，請你立刻出去。」

白石沉默了幾秒，說：「你會後悔的。」

我沒再理會他，逕自轉過身，正準備踏上樓梯，卻突然間一愣。

因為，我看到了阿寶。

小傢伙穿著睡衣，一邊打著哈欠，一邊走下臺階，睡眼惺忪地問：「小默默，好吵啊……發生什麼事了嗎？」

我呆了一下，心頭當即浮起一絲極其不詳的預感。

不動聲色地回過頭一看，果然，那個白石目不轉睛地盯著阿寶，似乎「研究」了好一會兒，漸漸地，整張臉的神情都變了，微微瞇起的雙眼裡放出了貪婪的精光，嘴角也跟著翹了起來。

他自言自語地喃喃說道：「難道這是……傳說中的千年雪山參？居然已經修煉成了人形？真是難得一見的寶物啊，看來今天運氣不錯……」

話音落下，靜默兩秒。

我和白石同時大喊了一聲。

「阿寶，快回去！」

「鸕鴉！」

話音甫落，白石肩膀上的那隻大烏鴉竄了出去，速度快到彷彿化為一道黑色旋風，居高臨下地向阿寶俯衝。

阿寶一驚，愣在了原地。

我也不知道自己哪裡來這麼快的反應，幾乎是在剎那間，整個人條件反射地撲了過去，一把抱住阿寶，將他按在懷裡。

與此同時，那道黑色旋風近在咫尺，如同一片巨大的陰影當頭籠罩下來。我嚇得大叫了一聲，沒出息地閉起眼睛低下頭，等著被那隻可怕的大烏鴉吃掉？又或者被牠尖銳的嘴喙啄穿腦袋？

心底的恐懼淹沒了理智，我緊緊抱著阿寶，驚聲叫喊著。

出乎意料的是，什麼事都沒發生。

就在那道黑色旋風即將撲下來的瞬間，耳邊突然響起一聲淒厲的嘶鳴，緊接著，似乎有一道刺眼的亮光閃過。

隨後，一切都安靜了下來。

我驚魂未定地喘息著，哆哆嗦嗦地抬起頭，那隻碩大的黑烏鴉似乎被某種力量遠遠地彈飛了出去，撞到牆壁之後，重重摔落下來，頭部當場折斷，瞪著一雙赤紅色的眼珠，一動不動地躺在地板上。

過了幾秒，嗤的一聲響，烏鴉渾身散出一團黑煙，變成一枚薄薄的白色紙片，頃刻間燃燒起來化為灰燼。

發生什麼事了……

三步開外的白石，正用一雙泛著寒光的眸子死死地盯著我，滿臉難以置信地一字一頓問：「你做了什麼？」

「什、什麼……什麼我做了什麼？」

我莫名搖搖頭。

白石快步走了過來，我趕緊將阿寶護在身後，還沒來得及多說一個字，就被一把掐住了喉嚨。

白石的力氣很大，居然將我整個人騰空提了起來，按在牆壁上。

「嗚、嗚嗚……放、放開我……」

我難受得透不過氣來，雙腳亂蹬，卻踩不到地面。

「住手！不准你欺負小默默！」

阿寶急得撲上前幫我，直接被白石一腳踹開。

「阿寶……不要……不要過來……」

我嗚咽著，被迫昂著頭。

白石皺眉瞪著我，問了句很奇怪的話。

「你到底，是什麼人？」

「嗚……我、我不明白……你在說什麼……嗚嗚嗚……」

我費力地喘息著，窒息的感覺越來越強烈。

而白石掐住我的手也越來越用力。

我拚命掙扎，用足了勁想要掰開他的手，可是沒有用，白石的力量要比我大太多了。我殘喘著用力搖著頭，想要汲取更多的氧氣。

「嗚嗚……嗚嗚嗚……」

不……不行了……好難受……

胸口好像壓著千斤巨石，完全透不過氣來……

我竭力掙扎、反抗，在極度缺氧的痛苦之中，用盡最後一絲力氣嘶吼了一聲，如同即將溺斃之人發出的最後咆哮。

萬萬沒有想到，就在這聲嘶吼中，白石吃痛地叫了一聲，甩開了掐住我的右手，整個人好像觸電似地彈開了，一連往後倒退好幾步。

我貼著牆壁癱軟下來，無力地跪在地板上，一邊大口地吸著氣，一邊回過頭。

不知什麼原因，白石的右手手掌居然變成了炭黑色，彷彿被烈火烤焦了一般，皮肉層層綻開，冒出了絲絲鮮血。

「啊，該死！好痛！好痛！」

白石握住自己的手腕，嘶嘶地倒抽著冷氣。

我完全不知道發生了什麼事，下意識地撐著地面想要爬起來，就在手指觸碰地板的一瞬間，卻突然愣了一下。

不知何時，自己的左手手背竟然暴突起一條條紫黑色的筋脈，一條條蠕動著的黑色蚯蚓遍布整個手背，又粗又長，一直蔓延到了手臂上，猙獰得恐怖。

什、什麼情況，為什麼會變成這樣？

我抬起手，那些隱藏在表皮下的黑色經絡突突跳動著，縱橫交錯。

「你……你到底……是什麼人！」

白石被徹底激怒了，咬牙切齒地瞪著我。

我迷茫地看著他，渾身顫抖，一個字都說不出口。

白石冷笑一聲，面色漸漸陰沉了下來，緩緩道：「算了，不管你是什麼人，說到底都是個怪物，必須斬草除根，免得留下後患！」

語畢，他從口袋裡拿出一張白色紙片，輕輕一抖。

啪啦啦一聲，紙片化為一隻碩大的黑色烏鴉。

烏鴉振翅飛起，在半空變成一柄烏黑發亮的長劍。

白石將長劍握在左手，目光陰鷙地盯著我，慢慢往前踏了一步。

「不……不要……我不是怪物……不是怪物……」

我驚惶失措地搖著頭，趕緊從地上爬起來奪路而逃，剛一個轉身，就聽到嗤的一聲。

我渾身一震，伸出的手還沒來得及抓住點什麼，便緩緩地垂落了下來。

「小默默！」

耳邊響起了阿寶撕心裂肺的哭喊，就連影妖也從儲物間裡蹦了出來。

剎那間，大腦思緒好像停止了一樣，呈現出一片空白。

渾身上下的感覺，只有一個字。

痛。

好痛。好痛好痛。

劇烈的疼痛從背後那一點爆發出來，瞬間貫穿了整個身體。

我機械而又僵硬地低下頭，看到了從自己胸口刺穿出來的銳利劍尖，帶著怵目鮮血，一滴滴地淌落下來，將胸前衣襟染成了一片血紅。

「不要怨我。」

白石用力一抽，將長劍從我身體裡拔了出去。

我當即感覺到喉頭湧上一股腥甜，忍不住噴出一大口鮮血。

帶著有如被撕裂般的痛楚，我緩緩倒了下去。

阿寶撲到我身上失聲慟哭，哭得淚流滿面。

我奄奄一息地倒在地板上，虛弱地看著他，心裡很難過，想要替他擦一擦淚水，可是已經沒有足夠的力氣。

眼前的世界淪為了一片黑暗。

呼吸變得越來越微弱，就連傷口劇痛的感覺，也在慢慢脫離身體。

心跳漸漸停止，意識漸漸模糊。

我知道，我快要死了。

可是，好不甘心……真的好不甘心啊……

我從來都沒有想過，自己居然……會以這樣的方式離開這個世界……

爸，媽，對不起……

還有阿夜……突然……好想再見你一面……

阿夜……阿夜……

「阿夜！阿夜！你教我的那首新曲，我已經學會了，要不要聽一聽？」

穿著一身白衣的少年，懷裡抱著一把古箏，步履輕快地穿梭在枝葉繁茂的竹林裡。

竹林深處，站著一個身形修長的年輕人，手中握著一支長笛，聽到喊聲便回過頭來，斑駁的光影之下，露出一張俊美面龐，帶著一抹淡然又溫和的微笑。

「哦？小默，這麼快就學會了新曲？」

「嗯！我彈給你聽好嗎？」

白衣少年抬起頭，天真無邪的臉上洋溢著幸福又快樂的笑。

「好，那我來與你合曲。」

年輕人抬起手，摸了摸少年柔軟的黑髮。

彷彿是受到了鼓舞一般，少年立刻在一塊圓石上坐了下來，將古箏平放在膝頭，又抬眸看了眼年輕人，年輕人對他溫柔一笑。

少年臉紅了一下，趕緊神情專注地低下頭，深吸一口氣，十指靈巧地舞動起來，輕撫琴弦，美妙的音符隨之流瀉而出。

年輕人站在一旁，微笑地看著他，隔了不多久，也吹起了手中長笛。

笛聲悠揚婉轉，琴音輕快活潑，一個似高山流水，一個如花間小溪，兩者默契地結合在一起，時而高亢時而低回，伴隨著周圍聚攏過來的燕雀，站在枝頭百鳥齊鳴，優美的旋律令人心曠神怡。

可是，一曲未終，畫面急轉。

茂密的竹林變成了青青河岸，岸邊楊柳拂堤，春風微醉。
穿著一身青布衫的書生站在楊柳樹下，緊緊拉住另一個年輕人的衣袖。
「阿夜，我明天……就要動身進京趕考了……」
書生低著頭，似是欲言又止。
年輕人看著他，輕輕「嗯」了一聲。
書生又道：「此去京城千萬里，不知何時才能還鄉，我、我想……」
「你想如何？」
年輕人微笑著，柔聲道：「小默，不妨說出來聽一聽。」
書生咬了咬嘴唇，猶豫了片刻，似是不安、又似滿懷期待地說道：「阿夜，我、我想……我想你陪在我身邊……好不好？」
話音落下良久，年輕人說了一個字。
「好。」
書生豁然抬首，瞪大的眼眸裡瞬間放出了亮晶晶的神采。
「你、你剛才說什麼？」

年輕人輕聲笑了出來，重複了一遍：「我說『好』。」

「真的嗎！你真的、真的願意陪我進京？阿夜！」

書生忍不住高聲歡呼，興奮地張開雙臂一把抱住了年輕人。

「太好了！有你陪在身邊，真是太好了！」

響亮的話音尚未落下，畫面又再次急轉。

這一回，楊柳河堤變成了民國初期的街道。

街道上的女人穿著旗袍，輕搖折扇，掛著布包的報童穿梭在來來往往的人群裡，帶著「小辮子」的有軌電車從兩排百貨大樓中間，搖著銅鈴丁鈴噹啷地慢速駛過來。

身姿挺拔的青年一身戎裝，頭戴軍帽，腳踏軍靴，從一條狹窄的小巷子裡快步走出來，警惕地觀望四周，隨即閃進一間小酒館裡。

酒館裡坐著一個聽戲的年輕人，一襲長衫，一壺清酒，面帶溫和微笑。

「小默，你來了？」

看到青年走進來，年輕人招了招手。

青年在他身旁落座，一口飲盡杯中酒，長出一口氣，壓低了嗓音，道：「昨日收到最新消息，T城已經淪陷，恐怕內戰不可避免，這裡也不再安全了。」說罷，青年一聲嘆息，看了看身旁那個仍舊一臉風輕雲淡的摯友，勸道：「阿夜，我跟你講過很多遍，你還是趁早離開這裡吧。」

可是年輕人淡淡一笑，沒有做聲。

青年急道：「你就聽我一句，好不好？等戰火升起，就來不及了。」

年輕人低頭淺啜一口清酒，平靜地回道：「小默，我也講過很多遍，倘若你走，我就跟你一起走；如若你留，我便跟你一起留。」

青年一愣，道：「阿夜，你這又是何苦？」

年輕人溫柔地笑了笑，說：「我不放心留你一個人在戰火中。」

「可是、可是我已經決定了要投身於革命！」青年握拳。

年輕人點點頭，「嗯」了一聲，淡然道：「小默，我尊重你的選擇，所以，我願意和你一起留下來。」

青年愣愣地望著摯友，閃動的目光裡帶著萬千感慨與欣慰。

沉默良久，他舉起酒杯，如同錚錚誓言般地說道：「從今往後，我沈默與你尉遲九夜結為兄弟，刀山火海同生共死！」

年輕人微微一笑，也舉起酒杯。

兩人同時伸過手，杯口碰撞了一下。

鐺！一聲脆響。

「阿夜！阿夜！」

眼前的世界豁然明亮。

我大喊一聲，一下子坐了起來。

呼，呼，呼……

我大口大口地喘息著，背後冷汗淋漓。

怎麼回事？這是在哪裡？

我記得我好像……已經死了！

所以，這裡是天堂？抑或地獄？

我閉起眼睛，努力保持住鎮定，再次睜開雙眼，慢慢轉動視線，卻吃驚地發現，這裡既不是天堂，也不是地獄，而是……而是在家裡？

我好端端地躺在家裡的沙發上？

窗外夜色仍舊漆黑，客廳裡燈火通明，周圍一片寧靜，牆壁上的那只古老掛鐘正在滴答滴答地搖擺不停。

一切如往常一樣，彷彿只是個再普通不過的夜晚。

這、這是什麼狀況？

我不是應該已經死了嗎？

我明明記得自己被白石一劍刺穿了胸膛，當場斃命！

隨後……隨後我好像做了一個很長很長的夢……

夢到了我和九夜，夢到了滄海桑田時光變遷，然而，無論時代如何更迭交替，夢境中來來去去，始終都是我和九夜兩個人……

就彷彿我們一同攜手穿越過了千百年的歷史，一直到今時今日……

那真的……是一種非常奇妙的感覺，與其說是夢境，倒不如說更像是……

是埋藏在記憶深處的真實經歷。

啊，該死，頭又開始痛了……

我閉起眼睛扶住額頭。

這時，忽然有個熟悉的聲音在背後響起。

「小默，你醒了？」

九夜從廚房裡走出來，一邊走，一邊輕聲責備道：「你啊，連瓦斯爐的火都忘記關，就這樣躺在沙發上睡著了，還好我回來得及時，那一壺水都煮乾了，差點起火，真是讓人擔心啊。」

我呆了好一會兒，問：「你是什麼時候回來的？」

九夜道：「就在剛才。」

我回眸看了看掛鐘，現在是凌晨兩點半。

我記得九夜和年獸是在零點不到時走出家門的。

也就是說，從他們離開到現在，僅僅過了三個小時？

而在這三個小時的時間裡，我……我一直躺在沙發上睡覺？

不！不可能！

就算時代變遷的那些場景是夢境，白石登門造訪、一劍刺穿我胸膛的這件事，絕不可能是做夢！

「阿夜，你離開的時候有人來過！」

我一把拉住了九夜的衣服，面色凝重。

九夜看著我，問：「哦？是誰？」

「一個叫『白石』的男人！」

我情緒激動地站了起來，語速飛快地說道：「阿夜，你知道嗎，原來、原來他才是『白先生』！那幅住著六耳女妖的畫，是他送給方彩雲男友的！還有王泰富請來作法困住趙胤飛將軍靈魂的人，以及教于曉燕與餓鬼簽訂契約的人，統統都是他！這一切，都是他幹的！那個男人說自己是個捉妖人，還想抓走阿寶，甚至最後還……還一劍刺進了我心口！我、我被他殺死了！」

九夜噗嗤一聲笑了出來。

「小默，看來你做了很可怕的噩夢啊。」

他忍俊不禁地看著我，根本完全不相信我所說的話。

我頓時火冒三丈，提高嗓音道：「我沒有撒謊！」

「別生氣別生氣，我相信你沒有撒謊。」

九夜微笑著安慰說：「你只是太累了，做了個可怕的噩夢。」

「那不是夢！」

我忍無可忍地吼了一聲。

九夜仍舊平靜地看著我，淡淡地反問：「哦？不是夢？你說你被人殺了，那現在跟我說話的人，又是誰呢？」

「我……」

我突然間語塞，愣愣地低下頭，看了看自己胸口。

胸口的衣襟乾乾淨淨，沒有絲毫血跡。

我又轉頭看向樓梯前的地板。

我中劍倒下的那個地方，也沒有一滴鮮血。

不，這不可能……怎麼會這樣……

正當我茫然不解之際，一團黑色毛球一蹦一跳地彈了過來。

我立刻抓住它，急著說：「影妖也看到了那個男人！它可以證明！」

影妖卻睜著一雙無辜的大眼睛呆呆地看著我，好像不明白我在說什麼。

我啞口無言地瞪著它，隔了幾秒，又忽然間想到了什麼，趕緊說：「還有阿寶！阿寶也看到了！阿寶在哪裡？」

「阿寶還在樓上臥室睡覺。」

九夜一邊說著，一邊摸了摸我的頭髮，柔聲道：「小默，你最近是不是太累了？好好休息一下吧，不要再通宵熬夜，把工作的事暫時先放一放。這些天也不用做飯了，明天我帶你出去吃吧，順便去附近的公園裡散散步，好嗎？」

說著，他笑得很溫柔地看著我。

雖然他說話的語氣很輕柔，卻沒有留給我任何反駁的餘地。

我一下子說不出話來，漸漸地，連自己都開始糊塗了起來。

難道……難道之前發生的所有事情，真的只是一場噩夢？

可是夢境中的一切如此真實，真實到連那個男人的一舉一動，每一個神情變化，甚至是每一句話每一個字，我至今都記得清清楚楚！

然而，如果我真的已經被他殺死，此時此刻，站在這裡完好無損的自己，又該如何解釋？

我解釋不出來。

所以，也許，那真的只是噩夢一場？

我神情恍惚地看著九夜，仍然不甘心，還想再辯解一下，可是張了張嘴，什麼話都說不出口。

沉默了許久，背後突然冒出一個聲音——

「呵，愚蠢的人類。」

我嚇了一跳，驚道：「誰？」

之前一直沒有注意，我現在才發現靠門邊的牆角多了個奇怪的布袋，袋子裡裝著不明生物，似乎掙扎著想要出來，卻被綁在袋口的紅繩綑住了，怎樣都掙脫不出來。

「那是什麼東西？」我疑惑地看著那只布袋。

九夜笑了笑，說：「哦，是白澤。」

「白澤？」

我吃了一驚。

九夜若無其事地喝了口茶，淡淡地說道：「我在昆侖找回了夕獸，順便，把這個斷了獸角的沒用廢物打回原形。」

「閉嘴！你才是廢物！你們全家都是廢物！」

布袋裡的生物憤怒地叫囂。

我不可思議地盯著那不停扭動的袋子看了一會兒，隨後轉過身，扶著額頭，搖搖晃晃地往洗手間方向走去。

「小默，你沒事吧？」九夜叫了我一聲。

我沒有回頭，低聲應了句：「嗯，沒事。」

走進洗手間，打開水龍頭，接連掬起幾捧清水潑到臉上。沁涼的水珠潑得滿臉都是，又順著臉頰一顆顆滾落下來。

在冷水的沖洗之下，我感覺好多了。

長長地吐出一口氣，抬起頭，望向鏡子裡那個神情疲憊的自己，可是看著看著，似乎……好像……又察覺到了一絲異樣……

遲疑了片刻，我將襯衫的鈕釦一顆一顆往下解開。

隨著領口的敞開，一道清晰的疤痕赫然呈現在眼前！

那道疤痕很短，只有兩寸不到，傷口看起來還很新，像是剛剛癒合的樣子。

我很肯定，之前胸口並沒有這道疤痕，我也不記得有弄傷過自己。

而最最關鍵的是，這道疤痕的位置，不偏不倚，正是在「噩夢」中被白石一劍刺穿的地方！

一道驚雷劈過腦際。

原來……原來那不是夢？

那真的不是夢！而是事實！

可是、可是明明被一劍刺穿了心口，為什麼我還活著？

為什麼？為什麼？為什麼？

我吃驚地看著胸前那道疤痕，驀地想起之前遍布手臂的黑色經脈，想起了那隻被折斷腦袋的烏鴉，想起了白石鮮血淋漓的手掌，以及他惡狠狠地瞪著我，一字一頓地吐出來的那句話——

「不管你是什麼人，說到底都是個怪物！」

我往後倒退了一步，撞在牆壁上。

因、因為我是個怪物，所以……所以被一劍刺穿了心口都沒有死？

不，不是的……

我不是怪物……不是怪物……

心底湧起了一種前所未有過的深沉恐懼，如同一條無形的繩索，緊緊纏住了咽喉，將我勒得無法喘息。我驚恐地搖著頭，貼著牆壁無力地滑倒下來，整個人蜷縮在地上。

「小默，怎麼了？」

九夜快步走了進來，蹲下身，用力扶起我的肩膀。

我緩緩抬起頭，聲音嘶啞地問道：「阿夜，其實你是知道的……你知道那根本不是夢，對嗎？」

九夜愣了一下，隨即笑了笑，說：「小默，不要胡思亂想——」

「我才沒有胡思亂想！」

我拉開衣襟，指著那道傷疤，顫抖著說：「你看到了嗎？這裡……這裡是被那個叫白石的男人一劍刺穿的地方！那根本不是夢！」

話音落下，九夜沉默了。

我一把扯住他的衣服，幾乎是在哀求地說道：「阿夜，告訴我這到底是怎麼回事，好不好？不要再騙我，我想知道真相……」

說著說著，淚水情不自禁地湧了出來。

我用力咬住嘴唇，滿含期待地望著他。

隔了許久，九夜笑了笑，只是淡淡說了句：「小默，你太累了。」

他替我擦掉了眼角的淚痕，將我襯衫的鈕釦一顆顆扣上，隨後把我摟進懷裡，低頭在我耳邊輕聲說道：「小默，忘掉吧，那只是一場噩夢。你累了，需要好好睡一覺。」

「不，不是的……」

我掙扎了一下，想要抬起頭，可是被按住了。

也不知道為什麼，我感到越來越困倦，意識越來越朦朧，累得連眼睛都睜不開，就這麼靠著九夜的肩膀，昏昏沉沉地睡了過去。

第七章

白澤

我一直覺得，人的記憶是很奇妙的東西。

有時候本該忘記的人和事，無論怎麼努力都忘不掉，可是應該記住的，卻又偏偏怎麼都想不起來。

例如，我胸前的這道傷疤。

早上起來時，我一邊穿衣服，一邊對著鏡子照了好一會兒，疑惑地看著胸前那道只有短短兩寸不到的奇怪疤痕。

怎麼回事？這疤痕哪來的？什麼時候弄傷的？

莫名地皺著眉頭想了好一會兒，卻百思不得其解。

穿好衣服，洗漱完畢，感覺頭腦有點昏昏沉沉，一步一停地走下樓梯，還沒等踏進客廳，耳邊就傳來了一陣吵吵嚷嚷的喧譁——

「放我出去！放我出去！」

「小鬼！不要碰我！」

「再碰一下你就死定了！」

伴隨著陣陣叫囂，還有阿寶咯咯咯的清脆笑聲。

我一看，發出怒吼的原來是昨天九夜帶回來的那只布袋。

阿寶蹲在牆角，手裡拿著一根小木棍，左一下右一下，不停地戳著布袋，一邊戳一邊嬉笑。影妖像幫兇似地在布袋上面彈過來跳過去，惹得布袋裡的白澤大發雷霆，卻又無可奈何，因為他掙脫不開袋口的紅繩。

我撓了撓頭，疑惑地問：「阿夜，你打算拿他怎麼辦？」

九夜坐在沙發上，一邊研究著一只碎了一半的破舊青瓷花瓶，一邊漫不經心地回答：「扔去墟谷。」

墟谷？就是之前我掉進去過的那個可怕山谷嗎？

還沒來得及發問，就聽到白澤情緒激動地咆哮了起來。

「什麼！竟然要把我扔去墟谷？你打算讓那些孤魂野鬼吃掉我的元神，讓我死無葬身之地，永世不得超生嗎？」

九夜笑了笑，笑得善良又無辜，反問：「是啊，不然你以為呢？」

白澤氣結地怒罵道：「你！你這個老不死的東西！」

九夜悠悠喝了口茶：「彼此彼此。」

「你真的要做得這麼絕情絕義？」

「是你不仁在先，又怎能怪我不義？」

「我……我不就逼你喝了黃泉水嗎！反正你現在也沒死……而且，你已經在昆侖把我打回原形，我們算是扯平了，為什麼還要趕盡殺絕？」

九夜瞟了布袋一眼，慢條斯理地說道：「白澤，作為一隻妖獸來說，你徹底喪失了靈力，不再具備足夠的戰鬥力，就算我今天放你走，面對你之前得罪過的眾多妖魔鬼神，還有捉妖人，你覺得你能活多久？」

「我……」

白澤語塞了，在布袋裡動了動。

九夜若無其事地笑著，放下手裡不知何時竟已恢復原狀的青瓷花瓶，從沙發裡站起身，踱著步子向我走來。

「小默，早安，昨晚睡得還好嗎？」

「嗯，很好，就是……」

「就是什麼？」

「就是不知道為什麼，感覺胸口有點疼。」

「可能前些天一直在趕稿，太累了吧？」

「唔，有可能……」

「小默，我餓了，早飯想吃雞蛋餅和南瓜湯好嗎？」

「好啊，家裡正好有南瓜。」我點點頭。

一聽到有雞蛋餅和南瓜湯，阿寶立刻扔下小木棍跑了過來，一頭撲進我懷裡，撒嬌著說：「小默默，阿寶也要吃！阿寶也要吃！」

「好好好，都做給你們吃，球球也有份。」

說著，我回過頭看了看被孤零零地丟在角落的布袋。

白澤徹底不出聲了，不知道是因為害怕還是哀傷，一動不動地待在那裡，像隻待宰羔羊似的，感覺有點可憐。

吃早飯時，我忍不住問：「阿夜，你之前說白澤之所以痛恨人類，是因為被人類砍斷了一雙獸角？」

九夜喝了口南瓜湯，搖搖頭，道：「不僅僅是因為這個。」

「哦？還有其他原因？」

「更加重要的原因，是他遭到了人類的欺騙與背叛。」

「欺騙與背叛？」

我不禁好奇心起，想要繼續聽後文。

孰料，白澤暴跳如雷地大吼大叫了起來。

「老東西！你敢說！說了我馬上就宰了你！你信不信！」

九夜淡然回了句：「不信。」

「你、你給我等著！」

「你現在除了會放話，還能把我怎樣？」

「你……你這個老不死！」

「呵呵，原話奉還。」

聽著這些對白，我忍不住噗哧一聲笑了出來，搖了搖頭，在心中暗暗吐槽：這兩個人啊……哦，不對，是兩隻妖啊，也不知道多少歲了，怎麼吵起架來還像小孩子鬥嘴一樣。

絲毫不理睬對方的抗議與怒吼，九夜一臉平靜地將碗裡的南瓜湯全部喝完，不緊不慢地敘述道：「關於白澤，根據你們人類最早期的資料記載，康熙四十年間所修撰的《淵鑑類函》上有云：『東望山有獸，名曰白澤，能言語，王者有德，明朝幽遠則至。』

「其實在遠古時期，白澤一直隱居在昆侖的東望山上，從來不願踏足人間，除非當朝者有聖賢之王，能夠平安治理天下，他才會出昆侖來到人世遊玩。那個時候，白澤化為人形，初涉人間，品嘗人世美食，見識人世美景，也是初次體會到與人類共同生活的樂趣。這一切，比獨自隱居在東望山上孤獨又寂寞的生活要快樂許多，所以白澤一度非常喜歡人類——」

「放屁！我才沒有喜歡過人類！不要胡說八道！」

白澤叫囂著打斷了九夜的話。

我不禁好奇地追問：「那後來呢？」

九夜答：「後來，他遇到了一個人。」

我趕緊問：「誰？」

白澤在布袋裡激動得跳了起來：「夠了！別再說了！」

九夜笑了笑，道：「怎麼，都已經過了幾百年，還放不下？」

「到底發生了什麼事情嘛？」我急於知道後續。

還沒等九夜回答，就聽白澤搶先道：「如果一定要講的話，我自己來說。」

九夜微微一笑，沒有出聲，又去盛了第二碗南瓜湯。

隔了一會兒，布袋裡的白澤忿忿地罵道：「全都是因為宇文修那個混帳小子！一切都是因為他，我才會落得如今這個地步！」

我問：「宇文修是誰？」

白澤語氣消沉了下來，喃喃地說：「他曾經……是我最好的朋友……我們一起遊山玩水，一起把酒言歡，一起徹夜長談，彼此情同兄弟……那段時間，大概是我活了那麼長久以來，最開心最快樂的日子……可是、可是後來有一天……他把我灌醉之後……」

說到這裡，白澤久久都沒有吭聲。

我皺了皺眉，忍不住順著劇情疑惑地問：「他非禮你了？」

九夜噗嗤一聲笑了出來，隨後很突然地說道：「就算時至今日，宇文家族，仍然是赫赫有名的獵妖師家族，世世代代以捉妖維生。」

「你是說，那個宇文修是捉妖人？」

我吃了一驚，想了想，問：「這個捉妖人，難道是為了抓到白澤，所以才假裝成朋友接近他？」

「為、為什麼你會知道？我還什麼都沒有說啊！可惡！」

白澤氣急敗壞地叫嚷。

九夜哼笑一聲，毫不留情地嘲諷道：「這麼俗濫的陰謀詭計，也只有你這種蠢貨才會被騙。虧你還是上古妖獸，那麼多年都白活了。」

「你說什麼！你才是蠢貨！你們全家都是蠢貨！」

白澤又火冒三丈地暴跳了起來。

九夜看了在牆角撞來撞去的布袋一眼，道：「那天，宇文修其實一早就設下了陷阱，先在酒中摻入黃泉水，並且將白澤灌醉，等到黃泉水的毒性慢慢發揮作用，宇文家族的獵妖師們也正好全部趕到。一番惡戰之後，白澤不敵，被砍去了一雙獸角，險些喪命，最後重傷墜入山谷……」

我有點愣住了，喃喃道：「所以，這就是為什麼他至今這麼痛恨人類的原因……可是，白澤為什麼要加害於你？他和你有什麼仇？」

我不明白地看向九夜。

九夜喝完了第二碗南瓜湯，笑了笑，說：「失去獸角的妖獸與廢物無異，他想要報復宇文家族，報復人類，卻能力不足。他遊說我一起率領百鬼妖亂人間，被我拒絕後就惱羞成怒了。」

「所以那天白澤才會抓我來威脅你，是嗎？」

「沒錯，他就這樣莫名其妙地將仇恨轉向我，簡直是個蠢貨。」

「嗯，感覺還真的……有點蠢……」

我認同地點了點頭。

「喂！你們兩個，蠢貨來蠢貨去，說夠了沒有！」

白澤怒氣沖沖地咆哮一聲，之後便安靜了下來，隔了許久，感傷地輕聲說了句：「我也覺得……自己確實是個蠢貨……」

吃過早飯，趁著九夜在院子裡澆花，我拿了一碗南瓜湯走到布袋前。

「那個……南瓜湯還有剩，你餓嗎？想喝嗎？」

「怎麼，想討好我？哼，愚蠢的人類！」

白澤在布袋裡罵了句。

「呃……不喝就算了，我去倒掉吧。」

我轉身就走，卻聽到白澤急著喊了一聲。

「喂，等一下！」

「嗯？怎麼？」

「那、那南瓜湯……好像、好像……」

「好像什麼？」

「好像……聞起來有點香……」

聽到這句話，我忍不住笑了出來。

「想嘗嘗味道嗎？」

「咳哼，我、我可以嘗一口，幫你鑑定廚藝……」

「好好好，那就請你幫我鑑定一下。」

我好笑地搖搖頭，將南瓜湯放在布袋旁邊，道：「我放你出來的話，你可不要亂來，阿夜就在院子裡。」

「好，我保證不會亂來。」白澤信誓旦旦地說。

我解開綁在布袋口的紅繩。

紅繩一解開，一團巨大的物體猛地跳了出來，伸出一雙粗壯的利爪將我撲倒在地。

「哇哈哈哈！上當受騙了吧，愚蠢的人類！」

耳邊響起一聲類似野獸的咆哮。

我嚇得大叫了一聲，閉起眼睛，可是過了好一會兒，又好像什麼事都沒有發生，於是便壯著膽子睜開了雙眼。

當看清楚趴在我身上的毛茸茸生物時，我頓時兩眼放光，心花怒放，忍不住驚嘆了一聲：「哇！好、好、好可愛的大白狗！」

我情不自禁地伸出雙臂，將「大狗」一把摟進了懷裡。

「你、你才是狗！你們全家都是狗！」

白澤憤怒地掙扎：「放開我！放開我！你這個愚蠢的人類！」

可是他的反抗絲毫沒用，僅僅我一個人的力氣，就能將他完全制伏。

隨後，阿寶和影妖也湊熱鬧地跑了過來。

阿寶嬉笑著騎到了白澤背上，好玩地揪起了他毛茸茸的耳朵，而影妖則蹭在白澤的腦袋上跳來彈去，跳得他頭都抬不起來。

「小鬼，你給我下來！信不信我吃了你！放手！你這個愚蠢的人類！不要碰我！不要碰我！」

白澤被徹底惹惱了，一邊徒勞地掙扎，一邊破口大罵。

這時，背後響起了一個慢悠悠的聲音。

「呵，我之前提醒過，你還是老實待在布袋裡比較好，現在後悔了嗎？」

回過頭，九夜正搬著一盆奇形怪狀的花從院子裡走進來。

「阿夜，你真的要把他扔去墟谷嗎？」

「他現在這個樣子，就算放走，也是死路一條。」

「呃，可是、可是他看起來好像……暫時沒有什麼危害……」我低頭看著懷裡的「大白狗」，猶豫地問，「在你扔掉他之前，能不能……」

九夜放下花盆，笑了笑，道：「怎麼，你想養狗？」

我點點頭，說：「嗯，你知道的，我一直很喜歡狗……」

白澤怒吼了一聲：「你們才是狗！你們全家都是狗！」

第八章

借・上

我怎麼都沒有料到，白澤的原形居然會是這個樣子。

之前有見過他的人形，也算是高大英俊一表人才，萬萬沒想到被打回原形之後，居然變成了一隻那麼可愛那麼可愛的大白狗！

哦，不對，其實仔細看，和狗還是有點差別。

首先他的體型，比起普通大狗還要再大上許多，站起來的時候，背脊高度幾乎超過了我的腰部，並且通體雪白，渾身毛色發亮，腦袋上豎著一雙毛茸茸的三角耳朵，嘴裡有一對異常鋒利的獠牙，微微向上翹起的眼睛是黃綠色的，中間有一對呈豎狀紡錘形的深棕色瞳孔。

這雙眼睛，一看就是獸瞳，是屬於嗜血猛獸的眼睛，而非家犬。

不過，這並不妨礙他的可愛程度，不瞭解內情的人，乍看之下，會覺得這就是隻體型巨碩的大白狗。

白澤之前對我做了很過分的事，可是看到他變成了這樣，再加上又知道了他的過去，知道他曾經被人類傷害過，所以心裡怎麼都恨不起來。

當然，也不想眼睜睜地看著他被九夜扔去墟谷送死。

九夜顯然明白我的心思，聽我說想要「養狗」也不置可否，不再管這件事了，只是他提醒我，每當月圓之夜，要格外當心。

因為月圓之夜，是妖獸靈力最強的時候，他怕白澤會傷到我。

希望，這些擔心是多餘的吧。

「阿夜，晚飯我做好了，吃的時候只要把飯菜放進微波爐加熱就好。」

傍晚五點，我一邊急匆匆地穿上外套，一邊不放心地叮囑道：「加熱的時候記得把塑膠碗蓋拿掉哦，還有不要熱太久，否則牛肉會變老。啊，對了，冰箱裡還有葡萄和水蜜桃，葡萄記得要洗乾淨，水蜜桃要剝皮才會好吃，還有……」

九夜忍不住笑了起來，說：「你不過是出去吃頓晚飯，才幾個小時而已，怎麼搞得好像要出門遠遊一樣，我就這麼讓你不放心嗎？」

「你才知道啊！」我沒好氣地瞪了他一眼，道，「你這個生活能力十級傷殘的傢伙，我真怕等我回來房子都被你燒了。」

「不用擔心。」九夜微笑著，說，「齋齋會滅火。」

呃，對哦，我差點忘了這棟房子是個妖怪……

好吧，算你贏了。

我默默地在心裡吐槽，隨後又看了看趴在壁爐邊睡覺的白澤。

「收養」他的這一個多禮拜以來，白澤大部分時間都在睡覺，偶爾醒來吃點東西，和阿寶還有影妖打鬧一會兒，隨後又趴下了，好像總是很疲憊的樣子。

九夜說，他是在靜養，在慢慢恢復靈力，這期間需要充足的休眠。

我特意去買了一個超大超柔軟的狗窩給他，白澤起初強烈抗拒，後來大概覺得墊子很舒服，有一天偷偷地睡了上去，我也假裝沒看到，於是他現在就一直趴在狗窩上了。

「好啦，那我就出門啦！」

說著，我出了家門。

今天聚餐的地方，是位於市中心的日式料理店。

大學時代的學長交了新女朋友，想要介紹給我們幾個經常一起玩的好兄弟認識認識，於是就約大夥出來吃個飯。

在我心目中，這位學長一直很有女人緣，從進大學開始，身邊的女朋友從來沒斷過，一任接一任，並且每一個都很漂亮。

然而，這位學長的女朋友，沒有一個交往超過一年。

為此我們經常開他玩笑，說他是渣男，不懂得珍惜。

可是學長每次只是無奈地笑了笑，說了句：你們不會明白的。

好吧，我確實不明白，因為我還沒交過女朋友。

算算日子，這位學長也畢業快四年了，今年二十八歲，據說父母思想比較傳統，希望他能在三十歲之前結婚。

在我看來，照學長的狀況，想找個女孩子結婚不是什麼難事。

吃飯的時候，我見到了學長的新女朋友小雯。

果然又是個大美女，性格也超好。

可是不知道是不是錯覺，我感覺整個飯局期間，學長並不是很愉快，話也不多，一副心事重重的樣子，神情消沉。

吃完飯之後，學長主動說要開車送我，我有點意外，不過盛情難卻，也就答應了。

車內一共有三個人，除了我和學長，還有他的女朋友。學長先把女朋友送回家，然後載著我，開到一處偏僻的路口停了下來。

「你覺得小雯怎麼樣？」學長沒來由地問了句。

我一愣，道：「很不錯啊，長得好看，性格又溫柔。」

學長沉默了片刻，話鋒一轉，道：「小默，我有看過你在文學網站上連載的故事。」

「呃，是嗎……」我不好意思地撓頭笑了笑。

學長回頭看著我，很認真地問：「你那些故事，究竟是真是假？」

這個問題，很多讀者都問過我。

而我的回答是：「如果你相信，就是真的；如果你不信，那麼，就當作娛樂和消遣隨便看看吧。」

學長不說話了，隔了許久，從口袋裡掏出一盒香菸。

「要來一支嗎？」

「我不抽菸。」

「那介意我抽嗎？」

「沒關係。」

我笑了笑，做了個「請便」的手勢。

學長打開車窗，點燃一支菸，目光呆滯地望著前方空蕩的路面，緩緩道：

「其實這些年來，我陸續交往過好幾個女朋友，每一個我都很喜歡，都是打算結婚，一起好好生活的……」

聽到這樣的話，我不禁有些意外。

這種話，完全不像是會從那個「始亂終棄」的學長嘴巴裡說出來的。

「哦，是嗎，那你就好好和人家交往啊，不要總是朝三暮四的好不好，換女人簡直比換衣服還勤快。」

「小默，你不明白。」學長搖搖頭，依舊是那句話。

我好笑地看著他，道：「沒錯，我真的不明白，你對那些交往過的女孩子，到底是有哪裡不滿意？」

學長吐出一口煙，說：「我給你看看好嗎？」

「欸？看什麼？」

「我交往過的幾個女朋友。」

「呃，哦，好啊……」

感覺今天學長說話有點語無倫次，不知道他究竟想表達什麼。

學長拿出手機，翻開相冊，將螢幕遞到我面前，一張一張地滑動照片。

「這是我的前女友，妍妍。」

「哦，很漂亮啊！」

「這是前前女友，琳兒。」

「嗯，也不錯……」

「這是再前一任，芳芳。」

看到這裡，我不出聲了。

學長看著我，說：「你也感覺到奇怪了，是嗎？」

我一時間沒有說話，將那幾張照片來來回回地反覆看了幾遍。

確實……有點奇怪。

照片上的三個女孩，妍妍、琳兒、芳芳，雖然高矮胖瘦，以及五官容貌長得完全不同，但是不知道為什麼，她們都穿著一模一樣的淺藍色洋裝，一模一樣的白皮鞋，一模一樣的黑色長直髮，瀏海上別著一模一樣的粉色蝴蝶結髮夾，甚至就連脖子上掛著的銀項鍊，也一模一樣。

明明就是三個完全不同的人，卻給我一種……好像是同一個人的錯覺。

「呃……有可能是因為……因為你的女朋友們，打扮風格和喜好都比較相近，所以才穿得那麼像？」

我試著找理由，可是自己也明白，這個解釋根本不成立。

無論是洋裝、皮鞋，還是髮夾，或者那條項鍊，我感覺不僅僅是款式相同這麼簡單，而根本是……同一樣東西……

尤其是那條掛著心形墜子的項鍊……

咦，等一下，這墜飾好眼熟！

我想了一會兒，驚訝道：「學長，今天你的女朋友，小雯，好像……好像也戴著同樣的項鍊？」

話音落下，學長無聲地點了點頭。

我一下子說不出話來，皺著眉，將那幾張照片放大後來回看了幾遍。

學長狠狠抽了一口煙，神情痛苦地閉起眼睛，自言自語地喃喃說道：「又開始了……這一切，又開始了……」

「什麼又開始了？」我疑惑地看著他。

學長扶住額頭，道：「本來一切好好的，可是不知道為什麼，每個女生和我交往後都變得越來越奇怪……」

「什麼意思？」

「具體的我說不清楚，那是一種感覺……總之就是她們變得好像不再是原來那個人了……」學長情緒激動地抓住我，「小默，你有沒有辦法幫幫我？我不想眼睜睜看著她們一個個都變成曉薇！」

我驀地一愣。

謝曉薇，這個名字我聽過。

雖然學長從來沒在我面前提起這個女生，但是我聽過一些傳聞。

據說，這個叫謝曉薇的女生，是學長在大學時的第一任女朋友，也是學長的初戀和摯愛。他們兩人的感情非常好，校園裡經常可以看到他們出雙入對的身影。

可是不知道為什麼，某天，謝曉薇莫名其妙地失蹤了，警方查找了很久，卻直到現在都下落不明。

謝曉薇的事情，我們幾個兄弟都知道，但是沒人敢在學長面前提及，因為怕他會傷心，沒想到今天他居然主動跟我說起……

我不知道該怎麼安慰才好，只能低著頭不出聲。

學長用力地咬著牙，夾著菸的手都在發抖，壓抑的嗓音裡帶著些許嘶啞。

他說：「曉薇突然失蹤，給我造成的打擊太大了，我一直沒辦法從失去曉薇的陰影中走出來……好不容易重新振作起來，交了新女朋友，沒想到……這一切又開始了……妍妍、琳兒、芳芳……她們每一個每一個，都是突然失去了聯絡，音訊全無……我一直在你們面前假裝是自己拋棄了對方，可是、可是心裡真的好難過……」

學長的語氣聽起來痛苦至極，他拉住我的衣服，道：「小默，你是不是有個朋友，專門解決這些奇奇怪怪的事情？」

我愣了一下。

學長急道：「小默，可以請你那個朋友幫幫我嗎？請他幫我調查，曉薇、妍妍、琳兒、芳芳……她們到底去哪裡了，我該怎麼樣才能找到她們？」

認識那麼長時間以來，這還是學長第一次開口向我求助。

我不能保證九夜一定找得到那些莫名消失的女孩子，只能嘗試著說：「這樣吧，能不能先把那幾個女孩的照片傳給我，我回去給我朋友看一看，也許他會知道些什麼……」

學長同意了，一邊傳照片給我，一邊再三懇求。

回到家裡，已是深夜十一點多。

阿寶和影妖上樓去睡覺了，白澤仍舊舒舒服服地趴在那軟墊子上。

九夜坐在壁爐前的真皮沙發裡，一頁一頁地翻看手裡的筆記本。

我把學長的事情簡單地說了一遍，他微微一笑，道：「謝曉薇的故事，正好有收錄在這本筆記本裡，你想聽聽嗎？」

我一愣，看了看他手裡的筆記本。

我喜歡聽九夜講故事，可是這件事與我親近的朋友有關，感覺心情有點五味雜陳。

沉默了片刻，我點點頭，道：「好，我想聽一聽。」

第九章 借・下

謝曉薇，所有認識她的人，都覺得她是一個非常男孩子氣的女生。

芳齡十九，一頭清爽俐落的齊耳短髮，平時最喜歡穿T恤加牛仔褲。

性格活潑開朗，人緣很不錯，愛笑，笑起來時臉頰上有兩個可愛的小酒窩，整個人朝氣蓬勃，充滿了青春魅力。

這大概，也是姜銘輝會對她一見鍾情的原因吧。

對於謝曉薇來說，同樣，姜銘輝也是她的白馬王子。

兩個人在校園裡經常出雙入對，情投意合。

姜銘輝是金融系，謝曉薇是法語系。法語系是個冷門科系，學生比較少，教學大樓的位置也比較偏僻。

從學生宿舍到教學大樓，需要經過一段很長的路程，至少要走上二十多分鐘。

那天中午吃過午飯，謝曉薇在寢室裡休息，和平時一樣，空閒時間總是會拿著手機和姜銘輝聊天。

小情侶兩個人甜言蜜語，彷彿有說不完的悄悄話，聊著聊著便忘記了時間，等到掛了電話一看，才發現距離下午第一節課已經只剩下十分鐘了。

真是糟糕，那堂課的老師很嚴厲，非常忌諱學生上課遲到，無論男生女生，一旦遲到都會被罵得狗血淋頭，甚至還有女生被當場罵哭。

啊！糟了糟了糟了！

謝曉薇抓起書包衝出寢室。

可是再怎麼飛奔，時間只剩下這點，無論如何都來不及了。

她氣喘吁吁地一路狂奔到學校的人工湖旁邊，突然停了下來，猶豫不決地看了看矗立在湖邊那棟破敗不堪的木造建築。

那是一座廢棄的圖書館，據說始建於上個世紀末，建校初期就存在了。

後來學校新建了現代化的圖書館，於是這座老圖書館就沒用了，也不知道為什麼一直沒拆除，就這樣棄置在這裡，久而久之，慢慢變成了校園傳說中的「鬼屋」，沒人敢進去。

但是謝曉薇知道，這座圖書館其實是條捷徑。

只要從圖書館穿過去，就可以直達教學大樓，比平時節省很多時間。

可是、可是這棟建築物，看起來真的好像「鬼屋」哦。

明明是大白天，明明外面陽光這麼燦爛，然而從圖書館那兩扇敞開的木門望進去，裡面仍舊漆黑一片，彷彿隨時會衝出妖魔鬼怪。

啊，該怎麼辦才好……

謝曉薇急得滿頭是汗，很想轉身離開，可是一想到老師罵人的樣子，簡直比妖魔鬼怪更嚇人。

於是她狠下心來，壯著膽子走進了舊圖書館。

舊圖書館很大，上下一共三層，全木質結構，經過這麼多年的日曬與風蝕，又完全沒有保養，許多木頭都已經腐蝕潰爛，甚至多處斷裂。

很早之前就有校方的工作人員在二樓樓梯口攔了一條鎖鍊，掛上「禁止上樓」的警示牌。

嘎吱，嘎吱，嘎吱……

球鞋鞋底踩在年代久遠的陳舊木地板上，發出了極為刺耳的聲音，在這片靜到死寂的空間裡聽起來格外駭人。

第一次踏進這座舊圖書館，謝曉薇一邊充滿好奇心地東張西望，一邊膽戰心驚地走在一樓走廊裡。

其實也沒有多遠，只要筆直穿過這條走廊就可以了。

只要穿過走廊，走到圖書館的後門，就可以看到教學大樓了，可是……可是為什麼感覺，這條走廊變得好長，好像走也走不完……

頭頂上方懸著一盞盞古老的銅吊燈，也不知道那是用電的還是煤油燈？

反正不管是哪種，現在都不會亮了……

沒有照明，沒有陽光，整條走廊在白晝時分仍舊陰暗無比，地面上積著一層厚厚的灰塵，天花板和牆角到處結滿了蜘蛛網。

令人窒息的死寂與陰暗之中，謝曉薇情不自禁地越走越快，越走越快，走到最後幾乎是一路小跑。

好不容易遠遠地看到了圖書館後門，就在她快要跑出走廊之際，背後冷不防地響起啪的一聲震響。

好像……是東西落地的聲音？

其實聲音不大，可在這一片深深的沉寂之中，還是把謝曉薇嚇得跳了起來。

轉身低頭一看，她的腳邊有一枚長方形的白色卡片，大約比手掌略大一點，紙質很厚，已經陳舊得發黃。

什麼東西？謝曉薇疑惑地撿起卡片，再仔細一看。

原來，是張借書卡。

不過因為太舊了，「借書卡」三個字模糊不清，尤其是後面那兩個字，幾乎完全辨認不出來，只剩下「借」字清晰地呈現在眼前。

這張借書卡，應該是以前的學生不小心遺落在這裡的吧？也不知道是哪個粗心的人……

一邊如此想著，謝曉薇一邊把借書卡翻了過去，看了看背面。

在看到持有者姓名那一欄時，她愣了一下。

這張借書卡的主人，名字也叫：謝、曉、薇。

咦，這麼巧！居然同名同姓！

謝曉薇不禁驚訝地張了張嘴。

冥冥之中，她感覺這是一種緣分，又感覺有點奇怪。

但是現在沒有時間多想，她隨手將寫有自己名字的借書卡塞進書包裡，飛奔出了舊圖書館。

傍晚五點，結束了一整天的課程，謝曉薇回到寢室。

今天她和姜銘輝約好一起到校外吃晚飯，姜銘輝預訂了一家高檔的西餐廳。

聽到餐廳名字的時候，室友小琴上上下下打量了謝曉薇一番，表情誇張地叫了起來：「什麼？難道妳打算穿這身衣服去那裡吃牛排大餐？」

「對啊，我平時一直都是這樣穿啊。」

「拜託！那家西餐廳很高級耶，沒有人會穿T恤和牛仔褲去啦！」

「可是、可是我只有T恤和牛仔褲啊，妳讓我怎麼辦……」

「唉，曉薇啊，和男朋友出去吃飯，偶爾也該打扮一下嘛，不要總是穿這麼隨便啦！否則姜銘輝會被別人搶走哦！」

小琴用半開玩笑的口吻說著，隨後走出了寢室。

寢室裡只剩下謝曉薇一個人，心情有點複雜。

身為女孩子，謝曉薇從小到大都是一頭短髮，沒有買過裙子，也從來都沒有在意過自己的打扮。

本來她覺得這沒什麼，可是最近她發現，姜銘輝身邊似乎總是圍著一個他的同班女生，那個女生長得非常可愛，穿著打扮又很時尚，嘴裡總是「銘輝哥哥、銘輝哥哥」地叫。

姜銘輝不太常理會那個女生，可是謝曉薇心裡難免會不舒服。

「啊，要是現在有件漂亮的洋裝就好了……」

無奈地嘆息一聲，謝曉薇看了看時間，拉開書桌的抽屜，準備拿鑰匙出門赴約，卻莫名其妙地發現，抽屜裡多了一個黑色紙盒。

嗯?這是什麼?她不記得自己的抽屜裡有這個東西啊。

疑惑地皺了皺眉，謝曉薇打開了盒蓋。

盒子裡整整齊齊地放著一件摺好的衣服。

再拿出來一看，哇，居然是一條漂亮的淺藍色洋裝！

咦？這是誰的裙子？是哪個室友錯放進她抽屜裡的嗎？

猶豫不決地盯著看了一會兒之後，她突然覺得心裡癢癢的，畢竟，從小到大幾乎沒有穿過洋裝，不知道……自己穿起來會是什麼樣子？

也許是一時心血來潮，謝曉薇試著穿上洋裝，走到鏡子前一看，沒想到大小剛剛好，合適到簡直就好像是為她量身訂做的一樣。

哇哦，原來自己穿洋裝的樣子還不錯呢！

謝曉薇站在鏡子前，美滋滋地轉了一圈，忽然有點捨不得脫下來了。

不然……今晚就穿這件洋裝去吃飯吧？吃完飯後再還回去。反正這應該是室友的洋裝，平時大家關係很好，不會介意的。

如此想著，先前鬱悶的心情終於舒暢起來了，可是再低頭一看，又有點失落。

因為她穿著一雙球鞋，根本和洋裝不相配啊……

「啊，怎麼辦？要是有雙皮鞋那該多好……」

謝曉薇感嘆著，回過頭，發現黑色紙盒裡竟然又多了一雙嶄新的白色皮鞋！

怎麼回事？這雙皮鞋哪來的？是剛才自己沒有看到嗎？

儘管心裡疑惑，謝曉薇還是禁不住誘惑地試穿了那雙白皮鞋。

沒想到大小也正好！

白皮鞋配上淺藍色洋裝，簡直完美！

啊，穿這身衣服去約會，姜銘輝一定會被驚豔到吧！

光是想像男朋友見到自己時的驚訝表情，謝曉薇就樂得合不攏嘴了。

她哼著歌曲，拿了鑰匙、手機、錢包，剛要出門，忽然想起今天中午在舊圖書館撿到的那張借書卡。想到那上面有和自己一模一樣的名字，覺得這件事很有趣，可以當作笑料告訴姜銘輝，於是她又從書包裡翻出借書卡。

不經意地一瞥，卻突然愣了一下。

因為她發現，借書卡上多了兩行小字。

二〇××年10月17日17點06分，借妳一件洋裝。

二〇××年10月17日17點11分，借妳一雙皮鞋。

看到這兩行字，謝曉薇不禁低頭看看自己身上的洋裝和皮鞋，正疑惑著這是怎麼回事，手機就突然響了起來。

是姜銘輝打來的。

接起電話，那邊似乎等得不耐煩了。

「曉薇，妳怎麼還沒來？我快餓扁了啦。」

「哦、哦……好！馬上到！」

掛了電話，也來不及多想，謝曉薇就穿著洋裝和皮鞋走出了寢室。

自從那天穿過洋裝之後，也不知道為什麼，就好像是身體裡屬於女性的審美覺醒了，周圍的人發現，謝曉薇漸漸轉變了穿衣風格，從原本隨興的模樣，變成精心打扮的大家閨秀。

她變得愛穿裙子，變得喜歡梳妝打扮，就連原本的短髮，也開始慢慢留長，變成了烏黑亮麗的長直髮，甚至是言行舉止，也變得溫柔又淑女起來。

「銘輝，你覺得我是原來的樣子好看，還是現在這樣好看？」

那天吃過晚飯之後，謝曉薇和姜銘輝手牽著手在校園裡散步。

姜銘輝轉頭看她。

確實，這段日子以來，謝曉薇的變化很大。

此時此刻，她穿著一身飄逸的淺藍色洋裝，手裡拎著一個精緻的小皮包，脖子上戴著一條閃閃發亮的銀項鍊，臉上畫著精美的妝容，亭亭玉立地站在路燈下，帶著甜甜的微笑，好看又迷人。

一陣微風吹拂過來，撩動起了她長長的髮梢，凌亂地落在眼前。

謝曉薇從小皮包裡取出一枚粉色蝴蝶結髮夾，夾在瀏海上，又拿出一枚小鏡子，對著鏡子照了照，補了一下口紅。

看著這樣的謝曉薇，姜銘輝忍不住笑了起來，說：「妳呀，到底是怎麼了？什麼時候變得這麼愛漂亮了？」

「你不喜歡嗎？」

「不是不喜歡，只是覺得……」

「覺得什麼？」

「覺得這個樣子不太像妳，好像變成了另一個人。」

「怎麼會嘛！就算穿了裙子、化了妝，我還是我啊！」

謝曉薇笑了起來，雖然嘴上沒說，但是在心裡得意洋洋地想：怎麼樣，現在的我，比你身邊那個狐狸精還要漂亮吧！

晚上九點多，當小情侶在校園裡散步到一半的時候，姜銘輝接到了室友的電話。粗心的室友忘記帶寢室鑰匙，現在沒辦法進門，所以打了電話找附近的姜銘輝求救。

謝曉薇說：「沒關係，你先走吧，我也該回去了，正好還有作業沒做完。」

姜銘輝道：「好，明天再一起吃晚飯吧。」

「我們去吃學校旁邊新開的壽司店！」

「沒問題！」

於是，兩個人分別從兩條不同的道路回宿舍。

夜晚的校園很幽靜，謝曉薇獨自走在林蔭小徑上。

昏黃的路燈將她的身影斜斜地拉長，投射到地面上。她心滿意足地看著地上那個穿著洋裝的窈窕身影，微微一笑，隨後從小包裡拿出一張卡片看了看。

是那張舊圖書館的借書卡。

只見借書卡上寫滿了密密麻麻的小字：

二〇××年10月17日17點06分，借妳一件洋裝。

二〇××年10月17日17點11分，借妳一雙皮鞋。

二〇××年10月20日12點25分，借妳一條項鍊。

二〇××年10月24日15點47分，借妳一只小包。

二〇××年10月25日09點52分，借妳一雙絲襪。

二〇××年11月01日20點03分，借妳一支口紅。

二〇××年11月03日10點21分，借妳一面鏡子。

二〇××年11月10日16點09分，借妳一枚髮夾。

這些東西，全都是此時此刻謝曉薇的隨身物品。

正是因為有了它們，才讓她變成了窈窕淑女。

「這張借書卡真神奇，難道是上天賜給我的禮物？」

謝曉薇一邊感嘆，一邊看著手裡的借書卡，目光隨著那一行行簡短的文字往下移動。

可是看到最後一行字時，她不禁睜大了眼睛。

不知何時，借書卡的末端出現了一行赤紅色的小字——

「歸還日期：二〇××年11月29日22點整。」

十一月二十九日？不就是今天嗎？

謝曉薇翻開手機確認時間。

現在是九點四十分，距離借書卡上寫的十點整，還有二十分鐘。

嗯？這是怎麼回事？歸還日期？

這些東西，究竟要還給誰？

她一邊疑惑地皺著眉，一邊慢慢往前走，走著走著，在經過學校人工湖的時候停了下來。

現在是晚上，天色已經全黑，夜空覆蓋著厚厚的雲層，星月無光。

舊圖書館如同隱藏於黑暗之中的龐然巨獸，悄無聲息地潛伏在那裡，洞開著一扇黑漆漆的大門，僅僅是看一眼，就令人毛骨悚然。

謝曉薇情不自禁地哆嗦了一下，轉回視線，趕緊加快步伐離開。

沒等她走出幾步路，就聽到舊圖書館的大門裡，好像……好像隱隱約約地傳出一個女孩子的聲音。

那個女孩子在說——

「還給我……把東西還給我……快點還給我……」

謝曉薇愣了一下，回過頭，好奇地問：「妳是誰？」

大門裡的聲音沒有回答，仍舊斷斷續續地說——

「把洋裝還給我……把皮鞋還給我……把項鍊還給我……都還給我……」

謝曉薇看了看身上的衣服和鞋子，道：「這些東西都是妳的？」

「對，是我的，還給我吧……」

「妳在哪裡？」

「我在圖書館裡……」

「妳為什麼不出來，那裡面那麼黑。」

「我出不去……」

「出不來？難道是因為……沒有衣服嗎？」

謝曉薇疑惑地歪了歪頭。

隔了片刻，又聽到那個女孩子說——

「把洋裝還給我吧……把皮鞋還給我吧……把項鍊還給我吧……把髮夾還給我吧……把皮包還給我吧……把所有東西統統都還給我吧……」

女孩尖細的嗓音夾雜在驟然掀起的夜風裡縹縹緲緲，從圖書館的大門深處層層疊疊地傳出來，聽得謝曉薇背脊一陣陣發涼，忍無可忍道：「好好好，妳別急妳別急，我、我還給妳！所有東西都還給妳！」

說著，她往舊圖書館內張望了一下，壯著膽子，一腳踏入門檻。

這時，那個女孩子突然又說了句：「連同妳的身體，一起還給我吧……」

「欸？妳說什麼？」

謝曉薇驀然一驚，想要轉身退出來，可是已經來不及了。

砰！

也不知道是被風吹的，還是怎麼回事，舊圖書館的兩扇木門關上了。

夜，悄然無聲。

校園裡依舊幽靜而安寧。

隔了一會兒，遠處鐘樓傳來了「鐺鐺鐺」的報時聲響。

細數了一下，剛剛好十下鐘聲。

鐘聲甫落，只聽吱呀一聲，舊圖書館的木門再次緩緩開啟。

一個窈窕的身影，從黑暗中走了出來。

「啊，竟然已經是秋天了嗎，空氣好清新呀！」

謝曉薇閉起眼睛，深深吸了口氣，帶著一臉心滿意足的微笑，穿著那一身漂亮的淺藍色洋裝，踏著一雙乾淨的白皮鞋，脖子上戴著閃閃發亮的銀項鍊，手裡拎著精緻的小皮包，愉快地哼唱著不知名的歌曲，在晦暗不明的夜色之中，步履輕快地走遠了……

聽完這個故事，我呆坐在沙發裡愣了許久。

「到底是誰在圖書館裡？」

九夜笑了笑，沒有回答。

我又問：「那……那出來的那個人，還是謝曉薇嗎？」

九夜仍舊只是微笑著，沒有告訴我答案，過了片刻，悠悠道：「有一種由世間癡情女子對戀人的執念所化形而成的妖，叫做『魅羅』。魅羅本身沒有實體，只有意識，但是可以借用人類女子的身體行走於世。」

我吃驚道：「你是說，從圖書館裡出來的那個人，已經……已經不再是謝曉薇了，而是叫做『魅羅』的妖？」

九夜點點頭，緩緩合上手裡的筆記本。

我想了想，又覺得奇怪地追問道：「我還是不懂，這個魅羅為什麼一直糾纏著學長不放？它借用了學長每一任女朋友的身體，為什麼？」

九夜微微一笑，說了句意味深長的話。

他說：「你們人類有句俗語，叫做『物以類聚』。」

「什麼意思？」我仍舊不明白。

可是，九夜並沒有再解釋下去。

幾天之後，學長又打了通電話給我。我們約在一間咖啡館見面。

我知道，學長想問我事情有沒有「調查」出結果。

關於謝曉薇的故事，我不知道該怎麼告訴他，支支吾吾了老半天，最終還是開不了口，只能沉默地坐在那裡。

學長嘆了口氣，道：「連你那個朋友都不知道曉薇去了哪裡嗎……」

我咬著嘴唇，仍舊沒有做聲。就算找到了謝曉薇也沒有任何意義，因為那個人，早已經不是謝曉薇了。

學長看起來非常失望，滿臉沮喪的樣子。

兩個人有一句沒一句地聊了一會兒之後，匆匆喝完咖啡，便準備離開。

我正要去結帳，被學長攔住了。

「是我找你出來的，飲料我來請客吧。」

他取出錢包，轉身走去收銀檯。

而就在他拿出錢包的同時，有一樣東西從他口袋裡掉落了出來。

是一張長方形的硬紙卡片。

我撿起卡片仔細一看，豁然吃了一驚。

這居然，是一張舊得發黃的借書卡！

借書卡上密密麻麻地寫著一行行小字——

二〇××年08月03日，借你一個女朋友。

歸還日期：二〇××年11月29日。

二〇××年02月14日，借你一個女朋友。

歸還日期：二〇××年06月21日。

二〇××年07月18日，借你一個女朋友。

歸還日期：二〇××年12月24日。

二〇××年01月27日，借你一個女朋友。

歸還日期：二〇××年05月23日。

二〇××年06月10日，借你一個女朋友。

歸還日期：二〇××年10月08日。

看著借書卡上的一行行文字，我徹底驚呆了。

隨後又發現，卡上第一個「借來」的女朋友的歸還日期，十一月二十九號，正是謝曉薇「失蹤」的日子。

我難以置信地呆站在原地，直到學長叫了我一聲：「小默？小默？你怎麼了？」

我一愣，回過神來。

學長看到了我手裡的借書卡，趕緊一把奪了回去。

「學、學長，那張借書卡，是怎麼回事？」

「哦，沒什麼，以前在大學那棟舊圖書館裡撿來的。」

他慌慌張張地將借書卡塞回口袋。

這時，咖啡館門口來了個女孩子，對學長揮了揮手。

「銘輝！」

「小雯，妳來了啊！」

學長轉頭看我，說：「我和小雯約了一起逛街，我先走了。」

「哦、哦……好。」

我含糊地應著。

站在咖啡館門口的小雯穿著淺藍色洋裝，腳踩一雙嶄新的白皮鞋，手裡拎著精緻的小皮包，脖子上戴著閃閃發亮的銀項鍊。

發覺我在看她，女孩別有深意地看了我一眼，挽起學長的手，兩人一同離開了。

我趕緊追出咖啡館，試圖做點什麼，卻又感覺自己什麼都做不了，只能無能為力地看著他們越走越遠。

大約走出十幾公尺，女孩忽然回過頭，對著我笑了笑，笑得非常甜美。

就在甜美笑容收起的一瞬間，她的臉部發生了驚人的變化，五官疾速扭曲，變成了另一張完全不同的女孩臉孔，剛變完，又立即再度扭曲，變成另外一張截然不同的臉。短短數秒之間，一共變化了四五次……

那些女孩的臉，分別是謝曉薇、妍妍、琳兒、芳芳……

僅僅一瞬間，最後，她再次變回了小雯。

看到我震驚得彷彿被雷劈中的模樣，小雯惡作劇似地抿嘴一笑，轉過頭，親暱地貼在學長身邊，兩人的身影漸漸消失在來來往往的人潮裡。

第十章

元宵

新年過後的第二個禮拜是正月十五。

正月，也就是農曆的元月，而夜，亦被稱為「宵」，所以正月十五的晚上，叫做「元宵」。

元宵是一年之中的第一個月圓之夜，喻示著萬物新生、大地回春。

按照九夜的說法，這天晚上，是所有魑魅魍魎妖魔鬼怪力量最強的時候，就連一直處於休眠狀態的白澤，也精神抖擻了起來。

不過，他還是沒有足夠的力量化成人形，仍舊是大白狗的樣子。

我一邊掃地一邊經過「狗窩」的時候，白澤突然大吼了一聲，嚇我一跳。

「喂！愚蠢的人類！」

轉過頭，他已經從軟墊上站了起來，抖了抖渾身雪白的長毛，一雙黃綠色的獸瞳斜睨著我，態度傲慢地命令道：「來幫我梳頭髮。」

「頭髮？」我好笑地看著他，道，「應該是狗毛吧？」

白澤嗷地咆哮一聲，弓起背脊，剛要憤怒地向我撲過來，突然間咄的一聲鈍響。

一把鋒利的水果刀筆直插在他面前的地板上，刀刃貼著他的腳掌，只要稍微偏離一寸，就已經剁下了他的獸爪。

我驚出一身冷汗，回過頭，看到坐在沙發上削蘋果的九夜笑得一臉溫和又善良，微微瞇起的眼眸裡卻泛著冷光。

「老東西！你、你想幹什麼！」

白澤被嚇得不輕，氣急敗壞地跳了起來，剛要撲向九夜，二樓樓梯口就響起了一陣頑皮嬉笑著的稚嫩童音。

「咦，大白睡醒了睡醒了！太好了！球球，我們找大白一起玩吧！」

說話間，阿寶帶著影妖從樓梯扶手上一骨碌地滑了下來，好像看到心愛的玩具似地，兩眼放光地跑向白澤。

「小鬼，別過來！你們別過來！」

彷彿看到瘟疫似地，白澤連連往後退，眼看著躲不過去，只能轉頭逃進了院子裡，可是阿寶也立刻追了過去。

緊接著，就聽到院子裡響起了一陣陣哀號和咯咯咯的笑聲。

「唉，剛剛才整理完的院子，看來又要重新整理一遍了。」

我扶著額頭，無奈地嘆了口氣。

「還不是你自找的，照我說的，把他扔去墟谷不就沒事了嗎？」

九夜淡然地喝了口茶。

我撓撓頭，笑得有點尷尬，趕緊轉移話題。

「阿夜，今天晚飯吃紅豆湯圓好嗎？」

「好，只要你做的，我都喜歡吃。」

紅豆湯圓不是買的，是我自己向鄭伯學著做的。

第一次做湯圓，賣相不怎麼好看，麵粉太濕，有點糊了。

不過大概口味還行，晚飯的時候，九夜和阿寶、影妖，還有白澤，大家都吃得很開心。吃完湯圓之後，阿寶吵著要我帶他去看元宵燈會。

我愣了一下，一想到元宵燈會，腦海中就情不自禁地勾起了某些回憶。

「小默，怎麼了？發什麼呆啊？」九夜看著我。

「啊？哦，沒，沒什麼……」我搖搖頭。

九夜笑了笑，說：「一起去看元宵燈會吧？」

「嗯，好，不過你們先等我一下。」

我飛奔上樓，跑進房間取了一樣東西，猶豫不決地拿在手裡看了一會兒，隨後放進背包裡。

看到我背著雙肩包走下樓梯，九夜問：「你帶了什麼？」

我撓撓頭，嘿嘿一笑，沒有回答。

九夜無聲地勾了下唇角，也沒有再追問。

位於城東的中央公園每年都會舉辦元宵燈會，一年一度，熱鬧非凡。

元宵燈會不僅有花燈可以觀賞，還有許多類似夜市的攤販，有香噴噴的美食，有小孩子喜歡的撈金魚，有套圈圈和射氣球，甚至還有露天電影，總之，就是一個老少咸宜的節慶活動，許多人家都會舉家出動逛燈會。

尤其是到了晚上，數百盞花燈在夜色中同時亮起，簡直美不勝收。

「小默默，你快看你快看！那裡有條大鯨魚！哇哇！還有小螃蟹！小海馬！」

阿寶騎在白澤背上好奇地東張西望，興奮得手舞足蹈。

我順著他指的方向轉頭看了看，原來不遠處有個「海洋世界」主題的花燈。

「哼，愚蠢的人類！花燈有什麼好看，簡直——唔……」

白澤哼了一聲，一句話還沒來得及說完，立刻被我捂住了嘴巴。

因為我看到周圍有路人回過頭來，疑惑地看看我，又看了看我身邊的大白狗。

我滿臉黑線地低下頭，湊到白澤那對毛茸茸的耳朵邊，低聲威脅說：「你要是再敢講話，下次就不帶你出來了！」

白澤終於閉嘴了，怨恨地瞪了我一眼。

而影妖那個混球，在人群裡跳來跳去，一個勁地想要往女孩子的裙子底下鑽，被我一把抓回來放進九夜手裡之後，也乖乖地不敢再胡作非為了。

「阿夜，麻煩你先看著他們，我……我有點事，去去就來。」

九夜沒問是什麼事，只是微微一笑，說了句「好」。

城東的中央公園很大，倘若全部走一圈，至少需要兩三個小時。

我背著雙肩包，一個人在摩肩接踵的人群裡兜兜轉轉，在璀璨的花燈包圍之下走了很長時間，一邊走，一邊四處查看。

我在找一樣東西，或者說，是在找一個地方。

我不確定能不能找到，但是每年的元宵燈會，我都會來找一找。

因為，我需要把一樣東西，還給一個人。

而我等了這個人整整十七年，始終未曾等到。

不知道今晚，是否可以再次遇見他……

清涼的夜風徐徐吹拂，我深吸了口氣，背著背包，繼續往前走去。

走過熙熙攘攘的人潮，走過五彩繽紛的燈海，漸漸走到了一處人群稀少的地方。

那個地方有一條溪流，清澈的溪水循著岸邊岩石淙淙流淌。

我順著溪岸望過去，突然之間愣了一下。

我看到了一座橋！

古老的朱紅色木橋，橋柱上雕刻著奇奇怪怪的文字，抑或是圖騰，我看不明白，只看到整座橋的橋身在濃濃夜色中煥發出一片暗紅色螢光，隱隱綽綽地飄浮在溪流之上。

如果不仔細辨別，還會以為是自己一時間的幻覺。

可是我知道，那不是幻覺！

因為十七年前，我曾經見過這座橋！

終於、終於找到了！終於找到這座橋了！

我激動到差點跳起來！

沒錯，就是這座橋！我曾經走過這座橋，踏入過一個不屬於自己的世界……

那一年，我六歲。

和往常一樣，每年元宵節的晚上，父母都會帶我來中央公園逛燈會。

每年的元宵燈會都人山人海熱鬧非凡，依稀記得那個時候，好像是被一隻會飛舞的蝴蝶花燈吸引，年幼的我與父母走散了，一個人焦急萬分地在偌大的公園裡來來回回地奔跑，卻在不經意間發現了一座橋。

確切說，是半座橋。

因為橋的一半在外面，另一半則在一堵牆壁裡面。

那時候年紀小，並未覺得這有什麼異常，只是感覺有一點點奇怪。

大概就是由於這一點點奇怪的感覺，驅使我情不自禁地走了過去。

周圍空無一人，那半座橋在幽靜的黑夜裡隱隱地散發著紅色光芒，有種獨特的魅惑力，吸引著我一步一步地走了上去。

我不記得自己究竟是怎麼進入那個地方的，當我回過神來的時候，發現身體已經莫名其妙地穿過了那堵水泥牆壁。

而在牆壁後面，存在著另一個世界。

不過，當時的我並未察覺到，只是以為自己來到了元宵燈會的另一個會場。

那個會場，同樣也是人山人海熱鬧非凡。

喧囂的鑼鼓，闌珊的燈燭，到處歡聲笑語，一派繁榮的節日盛景。

我茫然地站在輝煌耀眼的火樹銀花之中，看著身邊人群來來往往，看著一個和我差不多年紀的小男孩騎在父親的肩膀上，手裡揮舞著紙風車。

可是、可是為什麼那個小男孩，額頭上有個尖尖的犄角？而他的父親，身後有一條又粗又長、布滿鱗片的大尾巴？

我好奇地看著，隨後迎面走來一個漂亮的大姐姐，她穿了條好看的花裙，裙上的花包隨著步伐搖搖擺擺。

看到我在看她，大姐姐對我笑了笑，從我身邊擦肩而過。

我目不轉睛地盯著她，卻發現大姐姐的後腦勺上居然還有一張一模一樣的漂亮臉蛋，那張臉再次對我露出微笑。

我有點被嚇到了，往後退了一步，不小心撞到一個駝背老爺爺，想道歉時卻發現，老爺爺不是駝背，而是身後背著一個像蝸牛一樣的巨殼。

老爺爺走得很慢很慢，他一邊走一邊皺起眉頭，仔細端詳著我，隔了許久，說：「怎麼回事，這裡有個人類的孩子？」

話音甫落，周圍的人群全都停下了腳步。

剛剛還吵吵嚷嚷的鬧市，轉眼間鴉雀無聲。

所有人的視線，全都集中在了我身上。

我不知所措地站在原地，明明沒有做錯任何事情，心裡卻非常不安，看著那一張張從來沒見過的奇形怪狀臉孔，整個人不由自主地發抖起來。

也不知道是誰，先說了句：「聽說人類的小孩子味道很鮮美？」

另一個人回答說：「是啊，粉粉嫩嫩的，看起來很好吃的樣子。」

隨後，大家七嘴八舌地議論開了。

「還真的是好嫩啊，肉質不錯。」

「哎喲，說得我都餓了。」

「好久沒吃人類的小孩了呢。」

「萬一被獵妖師協會的人知道我們襲擊小孩，恐怕又要不太平了。」

「我們又沒有跑去人類世界攻擊，是他自己走進來的啊。」

「就是嘛，是他自己送上門的，不吃白不吃。」

「那……我先來嘗一口吧。」

說著，一個叔叔模樣的男人笑咪咪地走了過來。

「小朋友，是不是和爸爸媽媽走散了呀？不要怕，我們不是壞人哦。」

叔叔笑得非常和藹可親，一邊輕聲細語地說著，一邊向我靠近。

我迷茫地看著他，不知道他想要幹什麼，直到……那個叔叔張開了嘴巴，露出滿口尖銳的獠牙。

我害怕地大叫一聲，轉身拔腿就跑，可是還沒跑出多遠，背後驟然掀起一陣狂風，一片巨大的陰影從頭頂上方籠罩下來，啪的一聲攔在了我面前，嚇得我一屁股跌坐在地。

是剛才那個叔叔。

奇怪的是，叔叔的背後，多出了一雙像蝙蝠一樣的黑色翅膀。

「小朋友，不要跑。不是跟你說了嗎，叔叔不是壞人。」

叔叔張開了翅膀，同時露出獠牙。

我閉起眼睛，整個人蜷縮在地上瑟瑟發抖，哇地大哭了起來。

然而，就在這瞬間，耳邊響起一道淒厲的嘶鳴。

一切都安靜了下來。

剛才還在議論紛紛的人群，突然間誰都不說話了。

我顫抖著睜開雙眼，看到地上掉落著半截斷翅，剛才那個叔叔捂著肩膀，痛苦不堪地在地上翻滾。

一個悅耳低沉的嗓音，從前方悠悠揚起。

「我說過，不可以攻擊人類的小孩，這麼快就忘記了？」

話音甫落，所有人不約而同地低頭跪了下來，不敢再出聲。

一個修長的身影，自燈火闌珊處緩緩走來。那是個年輕的男人，穿著一身墨黑色立領旗袍，旗袍上繡著一條紅龍。

我坐在地上，愣愣地看著他，臉上還掛著淚水。

年輕人走到我跟前，蹲下身，抬起手，屈起食指，替我拭掉了眼角的淚珠。

「沒事吧？」

他的聲音很好聽，笑起來的樣子溫柔得彷彿可以將人融化。

我呆住了，茫然地看著他。

年輕人揉了揉我頭頂，遞過來一樣東西。

是一張狐狸面具。

我接過面具，拿在手裡好奇地看著。

年輕人笑了笑，說：「戴上這個，就沒有人知道你是誰了。」

我聽話地戴上面具，抬起頭看他。

年輕人伸手把我抱了起來，從大家退開的小路中離開了。

我不敢去看旁邊那些奇形怪狀的男女老少，只能緊緊摟住這個人的脖子，埋著頭，一動不動地縮在他懷裡。

年輕人很溫柔地抱著我，摸了摸我的頭髮，說：「別怕，有我在。」

也不知道為什麼，明明就是個素不相識的陌生人，這句話卻彷彿有一種神奇的力量，讓我安下心來，不再害怕。

年輕人抱著我走過了一段很長的路，隨後把我放了下來。

當我摘下狐狸面具的時候，我已經回到了自己的世界。

漫天璀璨的星光下，中央公園的元宵燈會依舊人聲鼎沸，熙熙攘攘的人群裡，父母從遠處心急如焚地奔跑過來。

「小默！小默！你跑去哪裡了！媽媽好擔心！」

「媽媽！媽媽！」

我大喊著，急急忙忙地向父母撲了過去。

媽媽一把抱住我，將我摟在懷裡。

當我再次回頭，那個年輕人已經不見了，露在牆壁外面的那半座橋也蕩然無存。

濃濃的夜色裡，之前的那一切，都好像不曾發生過。

六歲那年元宵燈會的經歷，離奇得彷彿是一場夢。無論是告訴父母還是告訴朋友，都沒有人相信，大家笑我是在做夢。

如果不是因為現在手裡確確實實地握著這張狐狸面具，大概連我自己，都會以為那只是一場不真實的虛幻夢境吧？

我將從背包裡拿出來的那張面具戴到臉上，看了看溪流上那座若隱若現的朱紅色木橋，深吸口氣，一步一步地踏了上去。

不知道橋的另一端，那個神奇的世界是否依然存在？

不知道我能不能再次遇見十七年前的那個年輕人？
我想把這張面具還給他，然後對他說：謝謝。
如果不是因為他，當年的我，恐怕再也無法回到自己的世界了。
這分恩情，十七年來我從未忘卻。
一步，兩步，三步……
我走到橋中央，閉起眼睛，又往前跨出了一步。
就在邁出步伐的瞬間，耳邊響起了一片嘈雜的聲音。喧囂的鑼鼓，歡快的交談，小孩子的笑聲，還有各種奇怪的鳴叫……
我緩緩睜開雙眼，看到了記憶中熟悉的景象。
終於！我終於再次來到這個世界！
太好了！
似乎也在舉辦熱鬧的節日盛會，這邊到處張燈結綵、燈火輝煌。
摩肩接踵的街道熱鬧非凡，我戴著面具，一聲不響地走在「人群」之間，一邊走，一邊到處張望，試圖找到那個年輕人。

說實話，因為時間太過久遠，再加上那時候我年紀小，我想不太起來那個年輕人的確切模樣，腦海中僅留有一個模糊的印象。

何況時隔十七年，我已經長大，就算再次相遇，對方可能也認不出我了。所以，我才會戴著這個狐狸面具。除了要遮掩自己的人類身分，更重要的是，我希望那個人看到這張面具之後，能夠認出我來。

那麼多年才等來一次難能可貴的機會，真的好希望，可以再次相遇啊。

懷著滿滿的期盼，我努力壓制住內心的惶恐與不安，小心翼翼地避開了一個頭頂長滿尖角的男人，又躲開了一個只有頭、脖子以下部分只是一具骷髏、還披著鮮豔長袍的女人；幾個小孩子舉著棉花糖從遠處跑過來，抬起頭對著我笑，嘴巴一咧，嘴角竟然直接咧到耳根……

我轉過視線，盡量不看那些奇形怪狀的「人」，只是沉默不語地往前走。

走著走著，突然有人抓住了我的手腕。

「小帥哥，要不要來撈金魚？算你便宜點。」

旁邊撈金魚的攤主大叔笑咪咪地望著我。他一邊說著，臉上的三隻眼睛一邊上下打量我。

我立刻搖搖頭，表示拒絕。

三眼大叔仍舊抓著我不放，道：「來玩一玩嘛！可以免費給你撈一次試試！你看，我的金魚都很可愛哦，你有沒有喜歡的？」

聽他這麼一說，我自然而然地看了地上的大魚缸一眼。

不看還好，一看之下吃了一驚。

魚缸裡居然是一個個約莫手掌大小的小人！

小人沒有手沒有腳，下半身是一條魚尾巴，而魚尾巴有各種各樣的形狀和顏色，有些細長，有些蓬鬆，有的金光閃閃，有的呈條紋狀，還有斑點的、螢光的、半透明的……

一眼望去，真的好像一缸五彩繽紛的小金魚在那裡游來游去。

可是、可是那根本不是魚啊！

小人們全都帶著惶恐的神情，一遍又一遍地用力撞向透明的魚缸玻璃，似乎想要逃出去，甚至有幾個已經撞得頭破血流。

我有點被嚇到了，拚命掙扎，想要掙脫三眼大叔的手掌。

三眼大叔抓得很緊，一邊端詳著我的手，一邊讚嘆道：「小帥哥，你的皮膚好滑啊，又白又嫩，要是變成金魚，一定很漂亮吧……」

說罷，他別有深意地望著我，道：「小帥哥，要不要來當我的金魚？」

哈？開什麼玩笑！

「我才不要當你的金魚！放手！」

我猛地一扯，甩開了三眼大叔的手，可是由於慣性，整個人往後摔了下去。

啪啦一聲，面具掉在了地上。

三眼大叔看著我的眼神瞬間變了。

「咦？居然是個人類？難怪我摸起來感覺有點奇怪……」

三眼大叔從石頭座椅上站了起來。

我震驚地看著他，因為……

雖然他有一雙人類的手臂，可是兩條腿好像蜥蜴的後腿一樣，筆直地站立在地面上，身後則拖著一條粗壯的褐色尾巴。

「小帥哥，當我的金魚吧？我不會虧待你的，一定會把你養得漂漂亮亮！來吧！來當我的金魚小寶貝！」

大叔的三隻眼睛同時瞇了起來，瞳孔收縮，呈現出紡錘狀。

他死死地盯著我，眸子裡精光一閃，從大魚缸後面跳了出來。

糟糕！

我意識到事態不妙，立刻撿起面具，轉身奪路而逃。

「小帥哥，小帥哥，別跑啊！來當我的金魚吧！」

三眼大叔一邊高喊，一邊在後頭窮追不捨。他貼著地面爬行，靈活敏捷地穿梭在人群之間。

不！我才不要當金魚！我才不要！

想到那一缸恐怖的人頭金魚，我咬緊牙關，拚命往前飛奔，一邊奔跑，一邊回頭看了看，突然腳下一個踏空，整個人從臺階上滾了下去。

嗚……好痛……

我撐著地面想要爬起來，可是還沒站穩又摔倒在地。

從臺階上滾下來的時候扭傷了腳踝，痛得我直抽冷氣。

三眼大叔追到了臺階口，豎起身體，居高臨下地看了看我，笑咪咪地說：

「小寶貝，乖，來當我的金魚吧！」

他從臺階上縱身一躍，向我撲了過來。

我嚇得大叫了一聲，拖著傷腳連連往後退。

而就在這千鈞一髮之際，不知道從哪裡飛來一條紅線，套住了三眼大叔的脖子。

只聽到三眼大叔吱地怪叫了一聲，整個身體開始縮小、縮小、縮小……直至最後，變成了一隻……一隻壁虎？

啪噠！

小壁虎落在了我眼前，抬起頭，瞪著三隻眼睛看看我，隨後擺著尾巴，迅速爬走了。

呃，原來那個三眼大叔，是隻壁虎？

前方響起了一個熟悉的聲音。

「你說去去就來，結果都已經這麼長時間了，阿寶急得在找你。」

我抬起頭，看到一抹修長的身影自燈火闌珊處緩緩走來。

周圍一下子安靜了下來，節日盛會中的「男女老少」不約而同地跪下，低著頭，誰都不敢再出聲。

一瞬間，眼前的這幅景象，與記憶中的某個場景重合了！

我愕然地望著那個熟稔又親切的身影。

九夜微笑著走到我面前，從地上拾起了狐狸面具，遞了過來。

「小默，沒事吧？」

熟悉的聲音、熟悉的笑容、熟悉的動作……

我整個人呆住了，腦海中遙遠而模糊的記憶，漸漸清晰了起來。

是、是……是九夜啊！

我想起來了！

十七年前救我的那個年輕人，就是九夜！

沒想到，我等了整整十七年的那個人，原來……原來一直都在身邊！

剎那間，克制不住心底湧起的激動與感動，淚水一顆顆地奪眶而出。

「怎麼了？怎麼哭了？」

九夜笑得非常溫柔，伸出手，屈起食指，替我拭掉了眼角的淚珠。

我咬著嘴唇，搖了搖頭，什麼都沒有問，也什麼都沒有說。

九夜揉了揉我的頭髮，道：「還站得起來嗎？來，我帶你出去。」

語畢，他轉過身蹲在地上。

我戴起狐狸面具，一邊掉著淚，一邊趴到了九夜背上。

九夜背起我，從周圍「人群」退讓開來的小路中慢慢離開了。

今晚的月亮很圓，如同一個明晃晃的巨大銀盤，遙遠地掛在天邊。沁涼的晚風從遠處徐徐吹拂過來，我閉起眼睛，緊緊地摟著九夜的脖子。

溫暖和心安的感覺，一如從前。

十七年前的畫面，一幕一幕浮現在腦海。

「阿夜……」我低低地呢喃。

「嗯？」

我沉默了片刻，說：「謝謝。」

九夜輕聲笑了起來，說：「你啊，無論是小時候還是現在，總是喜歡到處亂跑，一不小心就跑進了奇怪的地方，真是叫人擔心。」

我收緊了摟住他的手臂，沒有吭聲。

九夜緩緩道：「元宵，是一年之中的第一個月圓之夜，也是魑魅魍魎力量復甦的時刻。為了慶祝，每年元宵節晚上，都是集市鬼門大開的時候，各路妖魔鬼怪都會來此遊玩，但是對於人類來說，這是個蛇龍混雜的地方，十分危險。要是以後在元宵之夜看到朱雀鬼橋，千萬不要再跑上去了，知道嗎？」

我靠在九夜的肩膀，聽話地點了點頭。

「走了，回去了。」

「嗯。阿寶呢？」

「阿寶在外面等你。」

「影妖和白澤也在嗎？」

「嗯，大家都在。」

濃濃的夜色裡，九夜背著我，一路往前走去。

回過頭，身後那片燈火輝煌的熱鬧集市，如果不仔細分辨其中的妖魔鬼怪，實在和中央公園的元宵燈會沒什麼兩樣。

啊，原來，妖怪也有屬於妖怪的節日盛會呢……

正當我感慨著，集市裡響起了一陣喧譁，「人群」開始騷動起來。

有「人」失聲尖叫，有「人」倉惶奔逃，甚至有「人」乾脆變回原形，在地上留下一堆衣物，身體一下子就竄得無影無蹤。

場面漸漸失控，閃爍的花燈瞬間熄滅，攤鋪裡煮到一半的食物打翻在地。跑得快的妖怪早已消失不見，跑得慢的仍在拚命掙扎，還有一些古裡古怪不知道是什麼東西的綠色小球，一邊跳一邊叫，滾得滿地都是……

轉眼間，熙熙攘攘的集市變得冷冷清清。

怎麼回事，發生什麼事了？

大家好像在害怕著什麼？

我疑惑地皺眉。

而九夜也停了下來，轉過身。

我們站在空空蕩蕩的街市中央，只聽到遙遠的前方響起了一片凌亂的腳步聲。

腳步聲越來越近，越來越近，隨後，自迷霧繚繞的黑夜深處，出現了十幾個人影。

他們穿著統一的白色制服、黑色皮靴，手臂上戴著金色徽章。不過隔了太遠，光線太暗，我看不清徽章上究竟是什麼圖案。

那些人個個神情嚴肅，尤其是為首的年輕男人，長著一張非常漂亮的臉蛋，總覺得好像在哪裡見過，不過一時間想不起來。他的眼神冷得彷彿一把寒光閃閃的利刃，好像只要看他一眼，就會被他的眼神殺死的感覺。

什、什麼情況？

那些走過來的，是人還是妖？

我愕然地看著他們，也不知道他們到底想要幹什麼？

我和九夜一動不動地站在路中間，顯然擋住了他們的去路。

「阿、阿夜，那些人好拉風啊，我們要不要往旁邊讓一讓？」

九夜只是微微一笑，仍舊沒有動。

我忍不住好奇地問：「他們，是人嗎？他們是誰？」

九夜笑了笑，淡淡答了句：「獵妖師協會。」

話音落下的瞬間，我猛地呆住了。

什麼？獵妖師協會！

——《今宵異譚卷二魑魅之夜》完

番外

側芽

傍晚時分，九夜在院子裡澆花。

我推開院子木門走進去，望著他的背影，道：「阿夜，晚飯我做了花生醬拌麵，你想配奶油蘑菇湯，還是番茄牛肉湯？」

九夜回頭看我，說：「只要是你煮的，我都喜歡。」

呵，就知道是這個回答。

我忍不住笑著搖搖頭，這傢伙啊，每次都這樣說，甚至包括有幾次我煮失敗的料理他也都說喜歡，並且全部吃完，真是拿他沒辦法。

「阿寶和球球想要蘑菇湯，白澤想要牛肉湯，那我就兩樣都做吧。」

說著，我轉過身，不經意間看到了九夜正在澆水的那盆花。

「咦，這盆花，好像前幾天還沒看到，是新來的嗎？」

「嗯，是一個朋友託我保管的。」

「唔……這盆花，樣子還真特別啊……」

我看著那盆沐浴在夕陽中的花朵。

說實話，我對花花草草不是很瞭解，知識有限，但是眼前的這朵花，真的從來沒見過，生活中沒有，雜誌上沒有，電視裡也沒有看到過。

「這是什麼花？叫什麼名字？」

「貓掌丸。」

唔，連名字也沒聽過。

不過，仔細端詳一下的話，這花長得真的很像貓掌。它不似一般的花朵那樣層層疊疊地綻放，而是呈球型，粉紅色的花瓣如同一個一個小氣球堆在一起，中間的圓球最大，四周分別圍著幾顆小球，在微風裡搖搖擺擺，彷彿一隻粉粉嫩嫩的小貓爪，煞是可愛。

「這朵花真有趣。」我忍不住道。

九夜看著我笑了笑，說：「這不是一朵花，而是一簇花。」

「一簇花？」

「是的，你看，中間最大的紅球是真正的母株，而旁邊的小球，全都是側芽。」九夜指了指花盆中間的一顆大球。

我低頭一看，還真的是誒！旁邊的小球，全都是依附著大球，也就是母株而生。這的確是一簇花，不是一朵花。

我不禁覺得有些新奇，說：「花還會長側芽啊？」

「當然了，不僅僅是花，就連人，也是會長側芽的。」

說著，九夜望著我，幽幽一笑。

我眨了眨眼睛，立刻心領神會地一把拉住他。

「阿夜，好久沒有聽你講故事了！」

這個故事的主角，叫小娟。

小娟最近的生活很不順。

工作不順，婚姻不順，人際交往不順，總之，一切都不順。

她覺得很煩，上班的時候總是被老闆罵，這邊出錯那邊出錯。並非因為她天生比別人笨，而是因為她才剛換來這個新的部門，有許多不明白的地方，但是沒有人願意告訴她該怎麼做，她只能一遍一遍在錯誤中總結教訓與經驗。

本來嘛，這就是新人的必經之路，可偏偏老闆看她不順眼，動不動就罵她笨，罵她蠢，同事也在一旁當笑話看。這年頭，辦公室勾心鬥角，人心險惡。

然後，等她終於上完了一天的班回到家裡，又要面對丈夫的那張冷臉。

她和這個男人最近正在鬧離婚，原因無他，就是性格不合。

也許聽到的人會說，性格不合為什麼要結婚？

呵呵，結婚？難道你沒聽過婚姻是愛情的墳墓這句話嗎？

婚前即便是拌嘴吵架也會覺得吵得甜甜蜜蜜，打是情罵是愛；婚後，卻會因為油鹽醬醋這些雞毛蒜皮的小事和對方爭論不休，爭著爭著，便把那些陳年往事統統翻出來。新仇舊恨加一起，越想越覺得生氣，氣自己嫁錯了人。

大吵一架之後，丈夫離家出走徹夜不歸。

四年戀愛三年婚姻，似乎一切都走到了盡頭。

一場失敗的愛情賭注。

小娟心灰意冷，脾氣也變得古怪起來。

她曾不止一次地想過，要是有人能代替她承受這一切就好了！

是啊，要是有第二個小娟，就好了。

那個小娟可以代替她被老闆罵，可以代替她和丈夫冷戰離婚，可以代替她參加一切煩人的社交活動，就是能這樣，就好了。

當這樣想著的時候，小娟突然感覺自己脖子很癢。

她伸手抓了抓，可仍然感覺癢得出奇。

第二天早晨醒來時，小娟發現自己脖子上多了一塊凸起物。那塊東西很硬，像是個腫塊。

難道是昨天抓脖子抓過頭了，所以長膿包了嗎？

她沒怎麼在意。

可是第三天、第四天、第五天，隨著時間推移，那塊膿包非但沒有消下去，反而越長越大，大得有點離譜，幾乎像個腫瘤。

不行了，要去看醫生，自己該不會是得了癌症吧？

小娟越想越害怕，一個人躲在廁所裡照鏡子。

鏡子裡的她，脖子上凸起一個圓圓的腫瘤，看起來十分可笑。

不管是不是癌，總是要去醫院檢查看看，是禍是福都躲不了。

她咬了咬牙，正準備出門去看醫生，可是不經意地一瞥，她看到脖子上的腫瘤居然多出了一雙眼睛！

天吶！腫瘤怎麼會長眼睛？

小娟愣愣地看著鏡子，看著鏡子裡腫瘤上的那雙眼睛。

那是一雙人的眼睛，雙眼皮、長睫毛、黑眼珠，眼尾微微地往上翹，左側眼角下還有一顆小小的黑色淚痣。

這雙眼睛看起來分外眼熟，簡直就好像是……是她自己的眼睛！

小娟震驚地瞪著面前的玻璃鏡子，又驚又懼地眨了眨眼睛。

腫瘤上的那雙眼睛也眨了一眨。

小娟側過頭，從一個很費力的角度艱難地瞪著它。

那雙眼睛也在瞪著她。

怎麼回事？這是怎麼回事？

小娟尖叫了起來，以為自己在做一場可怕的噩夢，她想把自己叫醒，可是尖叫過後，那雙眼睛仍然牢牢嵌在腫瘤上。

她害怕得想把腫瘤割掉，可是衝進廚房，拿起菜刀，卻又下不了手。

畢竟，這顆腫瘤是連著脖子長出來的，如果冒然切下來，說不定會造成動脈血管破裂……可是、可是如果不切下來，又該怎麼辦呢？

就這樣去醫院嗎？

不，不行，腫瘤上長眼睛這等聞所未聞的駭人奇事，如果被人知道了，說不定會被抓去當研究材料！

不要！她才不想被關起來供人實驗！

小娟驚恐不安地爬到了床上，用被子牢牢裹住自己，不敢出門見人。

第二天早上，當她睜開眼睛，驚愕地發現脖子上的腫瘤又長大了一圈，好像孩子玩的小皮球，幾乎有她腦袋的三分之二那麼大。

更加驚悚的是，繼那雙眼睛之後，下面突出來一隻鼻子，鼻梁塌塌的，鼻翼略大，正一抽一抽地吸著氣，像是在聞著什麼味道。

對於突如其來的異變，小娟彷彿早已經突破了恐懼的極限，現在，她所能做的，只剩下麻木地看著自己脖子上的腫瘤。

尖叫沒有用，害怕也沒有用。

她簡直懷疑自己是不是瘋掉了，又或者精神失常產生了幻覺。

可是，那並不是幻覺。

第三天，她一覺醒來的時候，耳邊傳來了一個頗為熟悉的聲音。

「小娟，早啊。」

小娟猛地一顫，豁然驚醒。

誰？是誰在對她講話！

循著聲音的方向側過頭，她看到了一張臉。

一張，和自己一模一樣的臉！

「啊！」

小娟驚叫出聲。

那張臉咕咕笑了起來，說：「妳看到自己的臉，有這麼害怕嗎？」

小娟驚恐地瞪著她。

「妳、妳是誰？」

「我？我當然是小娟啊。」

「不，不可能，我才是小娟！」

小娟驚慌失措地搖著頭。

那張臉笑得更開懷了，說：「沒錯，妳的確是小娟，但我也是小娟。妳就是我，我就是妳啊！」

「不，不，我不明白妳在說什麼！」

「妳不明白？」

那張臉故作驚訝地看著她，隨即笑了笑，說：「這不正是妳所期望的嗎？期望有第二個小娟出現，替妳被老闆罵，替妳解決婚姻困擾，替妳參加煩人的社交活動。」

「我只是想想而已！我沒有真的想要第二個小娟出現！」

小娟大吼。

那個小娟卻是呵呵地笑著。

從那天起，小娟的脖子上便長著兩顆一模一樣的腦袋。

她們一起吃飯，一起睡覺，一起打哈欠，就像雙胞胎一樣，只不過，共用著同一個身體。

小娟覺得自己要崩潰了，整天躲在家裡不出門，可慢慢地，她發現有另一個小娟在還是有好處的。

比如，老闆打電話來，問她為什麼請那麼多天假不去上班，她回答不出來，所以不敢接電話，但是那個小娟代替她接了；再比如，丈夫打電話來，跟她談財產分配的事宜，她覺得煩，不想聽，於是那個小娟又替她接了電話。

不知道為什麼，另一個小娟比她更會圓融地處理這些事情，她能巧舌如簧地說得老闆和顏悅色，她能冷靜機智地與丈夫分析離婚的利弊，裝作小女人一樣地向丈夫甜言蜜語，最後說得那個男人都在動搖，究竟是不是應該挽回這段婚姻。

原本麻煩的事情，一件接一件地順利解決了。

說實話，小娟曾有過一瞬間的念頭——有了第二個小娟，還是挺不錯的。

就在她產生這個念頭的同時，她突然感覺頭痛欲裂，痛到失去了意識。

等到再次醒來，小娟發現，自己的頭好像小了一圈，因為她看著另一個小娟時，竟然發覺對方比自己高！

就這樣，她一天天地縮小了，每天睡著的時間比醒著的時候更多。

她驚恐地意識到一件事：自己好像，正在慢慢消失……

是的，她現在照鏡子的話，會明顯看到，脖子上那一大一小的兩顆頭顱，另一個小娟才是主人，而她就像是掛在小娟脖子上的一顆肉瘤。

她的思緒變得越來越遲鈍，視線越來越模糊，有時候甚至一睡就是好幾天，而在這幾天裡，她完全沒有意識，不知道周圍發生了什麼。

直到有一天，當她迷迷糊糊地醒來，發現自己的嘴巴已經消失了。

她想驚叫，可是叫不出來，也不能吃東西。

她的力量越來越弱，頭顱縮小的速度也越來越快。她的頭髮漸漸脫落至光頭，鼻子也在慢慢消失，隨後是兩隻耳朵……

她不能說話，不能呼吸，聽不到聲音，雙眼漸漸合成了兩條縫隙，視野越來越狹窄。

當最後一抹光亮自眼前消失之際，所有的感官與思緒，一切都停止了。

鏡子裡，小娟歪過頭，看了看脖子上的肉瘤。

她伸手摸了一下，硬硬的。

不過沒關係，因為她知道，這個腫塊很快就會消失。

小娟望著鏡中的自己，仔細端詳許久，隨後從衣櫥裡找來一條圍巾纏住脖子。她打開了封閉許久的房門，自信滿滿地微笑著，從家裡走了出去。

這個美麗又殘酷的世界啊，從來都是優勝劣汰，適者生存。

聽完這個故事，我忍不住嘆息一聲，下意識地摸了摸自己的脖子。

還好，還好脖子上沒有出現過腫塊。

九夜笑了笑，放下手裡的水壺。

此時，夕陽已盡，天色向晚。

他拍了拍我肩膀，說：「走吧，回屋裡吃飯了。」

我點點頭，跟著九夜的步伐轉身走回屋內。

臨踏進房門的前一秒，我回過頭，再看了那盆奇怪的花一眼。

不知道是不是錯覺，我感覺，它好像……好像又多了幾顆圓滾滾的肉球。

昏黃的光線中，那些肉球似在微微鼓動，就彷彿，一顆顆頭顱。

——番外〈側芽〉完

高寶書版集團
gobooks.com.tw

輕世代 FW252
今宵異譚 卷二 魑魅之夜

作　　者　四隻腳
繪　　者　zabu
編　　輯　林紓平
校　　對　謝夢慈
美術編輯　林鈞儀
排　　版　彭立瑋

發 行 人　朱凱蕾
出　　版　英屬維京群島商高寶國際有限公司臺灣分公司
　　　　　Global Group Holdings, Ltd.
地　　址　臺北市內湖區洲子街88號3樓
網　　址　www.gobooks.com.tw
電　　話　(02) 27992788
電　　郵　readers@gobooks.com.tw（讀者服務部）
　　　　　pr@gobooks.com.tw（公關諮詢部）
傳　　真　出版部　(02) 27990909　行銷部 (02) 27993088
郵政劃撥　19394552
戶　　名　英屬維京群島商高寶國際有限公司臺灣分公司
發　　行　希代多媒體書版股份有限公司/Printed in Taiwan
初版日期　2017年11月

國家圖書館出版品預行編目(CIP)資料

今宵異譚 / 四隻腳著.-- 初版. -- 臺北市：高寶國際, 2017.11-
冊；　公分. --

ISBN 978-986-361-450-0(第2冊：平裝)

857.7　　106012036

三日月書版

三日月書版

GOBOOKS
& SITAK
GROUP©